Bob Strahl

Eine unsterbliche Seele

Herausgegeben von Janine Strahl
Mit einem Vorwort von Hermann Kant
und Illustrationen von Manfred Bofinger

Eulenspiegel Verlag

Über »Eine unsterbliche Seele«
von Hermann Kant

Beim Nachdenken über Bob Strahl kam ich auf ein eigentümliches Verhältnis zwischen diesem Freundessohn und mir. Anders als die meisten Kinder meiner Verwandten oder Kollegen, die ich über so viele Jahre und in solcher Nähe heranwachsen sah, daß ich von ihren weiteren Lebenswegen zumindest etwas ahnte, blieb er mir für viel zu lange Zeit ein seltsam Fremder. Allenfalls fragte ich seine Eltern, die mir in guten wie schlechten Jahren Nachbarn und Herzensnachbarn waren, nach dem Treiben ihrer zwei Knaben, meinte aber vor allem Stefan, den jüngeren, dessen konsequente Auswickelung vom fröhlichen, fleißigen Percussions-Radaumacher im häuslichen Keller zu einem ebenso verwegen gekleideten und frisierten wie weltbefahrenen Musikanten ich befriedigt zur Kenntnis nahm.

Ähnlich verhielt es sich übrigens mit anderen Kindern anderer Freunde, den Schlenst tsöhnen etwa, deren kühne Wege auf die wissenschaftlichen Höhen von Physik und Biologie ich zwar fasziniert, jedoch kaum verwundert verfolgte.

– Wohl begeistert, aber auch in diesem weiteren Falle überhaupt nicht erstaunt, registrierte ich den anschwellenden Applaus, der Irina und Stephan Hermlins Sohn Andrej durch die Sphären gehoben geselliger Beswingtheit begleitet.

Mit Bob Strahl war fast alles anders. Im Unterschied zu den vorgenannten und von mir mit Genugtuung, aber unverwundert aufgenommenen Wunderkindern begegnete er mir erst als ein entschieden erwachsener Mann, der mit Janine eine entschieden weiblich gewachsene und entschieden gescheite Frau an seiner Seite hatte. Ich fürchte, ich habe die beiden jungen

Leute wegen ihrer selbstsicheren Wohlgeratenheit sehr beneidet und hinsichtlich einer mehr als seltenen Kombination aus Selbstbewußtsein und Höflichkeit, über die sie verfügten, nicht nur bestaunt. Und kaum begriffen habe ich die Kunst sämtlicher Strahls, sowohl einander innig verbundene Familienmenschen zu sein, als auch einen Besucher wie mich in aller Selbstverständlichkeit, mit einem Stühlerücken sozusagen, in ihren Kreis zu nehmen.

Obwohl mir vor allem zu tun sein muß, von Bob Strahl und meiner befremdlichen Blindheit ihm gegenüber zu sprechen, sollte ich doch den Charakter der Visiten im Hause seiner Eltern präziser benennen. Die galten zunächst dem freundlichen und dann befreundeten Kollegen Rudi Strahl, auf dessen, ich kann sie nicht anders nennen, wunderbar plebejische Intelligenz stets Verlaß war. Da sich diese rare Eigenschaft bei ihm mit einer ebenso raren naturwüchsigen Fähigkeit paart, unauffällig solidarisch zu sein, hat er mir (und wahrhaft vielen anderen) aus mehr als einer Gemütsklemme geholfen. Damit dies nicht ins Melodramatische neigt: Bei aller Ernsthaftigkeit weiß er einen Ton vorzugeben, der angenehm taugt, nicht nur die widrige Zeitgeschichte durchzunehmen, sondern auch deren handelnde Personen nach Verdienst zu entschärfen.

Gemach, die Rede geht weiter von Bob Strahl, auch wenn sie sich nach einer seinen Vater betreffenden Anmerkung in überständiger Gerechtigkeit seiner Mutter zuwendet. Ähnlich dem literarischen Vermögen des Sohnes ist mir deren bildnerisches erst spät aufgegangen, und natürlich hatte die eine Verzögerung mit der anderen zu tun. Wohl konnten einem die witzigen Figuren nicht entgehen, mit denen die Frau der Welt den Bescheid gibt, daß letztere sich der wachen und keineswegs nur wohlwollenden Beobachtung durch erstere erfreut, aber es dauerte, bis ich ahnte, wie sehr man Alice Strahls vielfältige Künste als Formen einer gelungenen Selbstbehauptung begreifen muß, ohne die sich die ebenso freundliche wie spottbereite Gelassenheit dieser in vielen Lebensabteilungen überaus aktiven Person nur unvollkommen erklärte.

Mir scheint, Bob Strahl hat von allem, was an seinen Eltern beobachtet werden kann, etwas gehabt und hat aus alledem seines gemachtes. Als wolle er den beinahe entmutigenden oder einschüchternden Schein einer umfassenden Stabilität abdämpfen, übte er sich in geradezu altmodischer Wohlerzogenheit. Immer noch staune ich, der ich von Schriftstellerverbands und einiger Bücher wegen mit aufstrebenden Autorinnen und Autoren mehr als mir lieb war zu tun hatte, über den, wie sich später zeigte, hochbegabten Schreiber. Nicht ein einziges Mal versuchte er die Gunst der elterlichen Häuslichkeit zu nutzen, um mit dem, wie es schien und wie allzu viele irrtümlich glaubten, hochmögenden Besucher des Elternhauses in einen bedeutenden Diskurs über eigene und bedeutende Hervorbringungen einzutreten. Wir haben über Fußball und Festplatten gesprochen, über Autoprobleme und die Vorzüge des Ladamobils, über politische Idiotien und allenfalls über das eine oder andere Buch, aber nie gab er mir ein Signal, an dem ich den künftigen oder heimlichen Schreiber hätte erkennen sollen. Dies bezieht sich wohlgemerkt auf seinen gelegentlichen Umgang mit mir und leitet sich in seinem befreiten Schauder her aus meinem gehabten gelegentlichen Umgang mit manchmal geradezu unheimlich daherkommenden künftigen Schreibern. Aus allem aber, was ich seither weiß – und was sich nicht zuletzt aus der Beschaffenheit der trauernden Gemeinde, die Bob den letzten Abschied gab, folgern ließ –, muß auf einen längst vorhandenen Freundeskreis um Bob Strahl geschlossen werden. Auf eine Menschengruppe, die sehr wohl wußte, daß sie in diesem scheinbar robusten Mann einen wortgenauen Sprecher hatte. – Auch ist mir bei der Art, in der die Strahls miteinander umgingen, unvorstellbar, daß der anfangende Sohn nicht erpicht gewesen sein sollte, dem ausgepichten Komödienautor, welcher angenehmerweise sein Vater war, etwas von seinen Arbeiten vorzulegen. Nicht zu Zwecken der Prüfung oder gar der Hilfeleistung, sondern als Selbstbeweis und Vertrauensbekundung. Als die zweckdienliche Meldung: Nur daß du es weißt, nur daß ihr es wißt, das hier mache ich, das also bin ich.

Wie dem nun gewesen sei, ich weiß davon nichts, und ich wußte nichts von einem schreibenden Bob Strahl, der ein Sohn meines Freundes Rudi war. So daß ich unvorbereitet an eine

Zeitungsgeschichte mit dem Titel »Ein Mensch, der liegt« geriet, die Bob Strahl zum Verfasser hatte.

Albern und zugunsten anderer eifersüchtig neigte ich zunächst zu Unmut und fragte mich wieder einmal, ob sich diese Art Nachfolge nicht besser auf die Übernahme einer väterlichen Schlosserei oder des elterlichen Sämereienhandels beschränken sollte, las aber dann doch und war nach fünfundzwanzig Zeilen überzeugt: Hier hatte einer seine eigene Schreiberei aufgeschlagen, seinen eigenen Worthandel aufgemacht und damit auch seine eigenen Händel mit der Welt begonnen.

Der Text paßt bei großzügiger Schriftgestaltung in eine mittlere Handfläche, stellt Atmosphäre her, reizt zu Widerspruch, ja beinahe Ärgerlichkeit. Und spannt somit eine Falle. Die mit dem letzten Satz zuschnappt. Man hat es mit einer vorbildlichen Pointe zu tun. Hier sogar mit einem literarischen Mittel, das auf einen literarischen Gegenstand angewandt wird.

Diese Mikrogeschichte taugt für jedes Lehrbuch und ist einem jeden Anfänger zu empfehlen. Aber besser ohne den Hinweis, sie stamme von einem Anfänger. Erstens, weil das auf Anfangende entmutigend wirken könnte. Zweitens, weil ich nicht weiß, wieviele Versuche Bobs der Drucksache vorausgegangen sind, wie weit zurück also in Wahrheit der Anfang lag. Und drittens, weil uns der skandalöse Bescheid vom Ende des Verfassers vorliegt. Zwar sind wir frei, von Auftaktsband »Wohl und Wehe« und diesem mit hinterlassenen Arbeiten auf manches zu schließen, was sich an gehaltvollen Beiträgen zur Literatur unserer Zeit noch hätte von ihm erwarten lassen, doch wäre das zu sehr auf unseren Glauben gestellt.

Ganz ohne Wunschdenken aber kommen wir aus, wenn wir uns an das halten, was schwarz auf weiß vor uns liegt. Ein Depeschenbündel, das unseren Kriegszustand meldet. Eine Versammlung frecher Gedanken. Laufzettel durch die Firma Leben. Da fehlt an Liebe nichts und nichts an Verachtung. Da ist der Tod eine naheliegende Möglichkeit und der Nichttod immer eine Hoffnung. Weniger modisch als modern geht es zu, sehr szenig manchmal, sehr cool – und dann doch immer wieder mit ruppiger Zärtlichkeit.

Da hat einer lange hingesehen und hingehört und lange gezö-

gert, ehe er es hingeschrieben hat. Nun besitzen wir es als gültigen Bescheid schon aus erregenden Erzählsätzen und Geschichtenschlüssen: »Angst ist Wollust am Leben.« »Es schmeichelt, gemocht zu werden.« »Irgend etwas geht schief.« »Laßt uns die nächste Revolution in einem August beginnen.« »Wir sind nicht die, vor denen uns unsere Eltern warnten.« »Wir haben ungenügend Angst.« »Sterben ist auch nur ein Verb...«
– »... wie ich später erfahren werde.«
Bob Strahl hat es fluchwürdig früh erfahren. Ich weiß nicht, ob uns die Warnung hilft. Aber er hat seins versucht. Und uns in wenigen Zeilen, in zwei schmalen Büchern zu zeigen, was alles wir verlieren können, ist ihm wahrhaftig ganz gelungen.

Früh, zu spät

Da sind wir, na bitte, wieder Staub. Reste zermahlener Sandkörnchen zwischen den Rädern eines allmächtigen Getriebes. Angezogen von statisch aufgeladenen Bildschirmen bläst uns der schlechte politische Atem hierhin und dorthin. Ganz sicher aber: auseinander. Mit viel Luft aus künstlichen Lungen.
Und es ist fast wie früher: ein fauler Kellner repariert nebenher nachlässig die Kupplung meines Wagens, der Hahn tropft hörbarer noch in die Verabschiedung des Elektrikers, dem ich die herabfallende Tapete klage. So ist es eben, und das Achselzucken kommt mir bekannt vor, wenn die Tomaten im Supermarkt just am Samstagmorgen alle sind oder runzlig werden. Oder wie mich Wirte mustern. Nun ja, murmelt eine Politesse mit dem strafenden Formular in der Hand, während freundliche Windstöße ihr die langen, blonden Haare zu einer Schlinge um den Hals legen ...
Wer träumt, der lebt. Wer Alpträume hat, ist erwachsen. Alles wird, wie es war, alles bleibt wie es ist. Jeder, der Pfandflaschen kauft, sollte sich deren Ursprungsladen merken. Hinfort sie selbst reinigen und Kindern verbieten, mit den Plastedeckeln zu spielen, ehe sie ungesäubert verlorengehen.
Der das Hausbuch führte, grüßt mich ebenso prüfend wie früher, nur höflicher, weil er inzwischen Allianz ist. Er hustet metallisch auf die ausgetretenen Stufen des eilig verkauften alten Hauses. Gelb schaut der Mond durch die Scheiben des Treppenaufgangs, garantiert nur scheinbar gelber als sonst.
Eher sind es die schmutzigen Fenster des Flurs, die mich – bemüht, leise zu sein – das Schlüsselloch nicht gleich finden lassen. Dadurch erwachst du.
Aber weil ich das Deutschlandlied schrecklich falsch summe, wird der Tag ein verspielter Morgen für uns.

Erkenntnis
aus Grammatikalischem

Ich bin schlecht,
du bist schlecht,
er, sie, es ist schlecht.
Wir sind schlecht,
ihr seid schlecht,
sie sind schlecht.
Mir ist schlecht.

Fünfunddreißig

Schlendernd bummle ich um den Block. Die neue, erste Brille ist im Futteral geschützt, verborgen in meiner Manteltasche, und tatsächlich, die rote Druckstelle verschwindet. Ich schaffe es trotzdem, wie immer, als erster am Stammtisch zu sein.
Für Ute, Britta, André, Franka und Dirk wäre es sonst eine kleine Sensation geworden. Die Ventilatorklappen klappen aneinander. Am Nebentisch langweilen sich ein paar Teenies. Magda bringt mir ein Bier. Die zwei Spielautomaten spielen lüstern für sich selbst. Sie onanieren, sagt Herbert, der Wirt, und wie gewohnt lache ich.
Dirks Tochter bekommt die ersten Zähne, er sieht übernächtigt aus. Britta verspätet sich. Wie immer. Und wie immer verärgert das Ute.
Drei Jahre Stammtisch. Wir kennen uns länger, und der Dienstagabend ist ein seltsam fester Bestandteil unseres Lebens geworden.
Momentan wird meist über Kinder geredet, weil Franka mit André kriselt, sie kriseln miteinander. Über Kinder schafft sich verbindliche Atmosphäre am Tisch. Herbert stellt ungerufen eine neue Trommel Bier hin. Es ist seine Lage, wir nehmen dafür zwei Kalauer in Kauf. Das Radio plärrt.
Robert trinkt zuviel, sagt Ute mit bemühter Sachlichkeit, und ich höre es, weil der automatische Schließer der Klotür kaputt ist.
Die Franka küßt trotz Krise den André, Dirk zeigt mir und den anderen etwas allzu ausführlich, wo Töchterchens Zahn entsteht. Die nächsten Urlaube werden besprochen. Über Steuern wird geredet, die Benzinpreise beklagt. Ein Betrunkener kommt und geht.
Billardkugeln stoßen auf Samt aneinander. Jemand gähnt. Jemand sieht zur Uhr. Kurz ist Politik das Thema. Jemand sagt, die Musik sei zu laut.
Hip-hop, meint Herbert grienend und stellt den Hifi-Turm mittels Fernbedienung leiser. Wir freuen uns kindisch, als ein paar Teenies am Tresen maulen. So vergeht Zeit. Magda macht Rechnungen fertig.

Die Zeiger der Uhr ticken drohend in Richtung Arbeit. Bald kommt ja auch der nächste Dienstag, der übernächste.
Müde schweigend warten wir auf die ausnahmsweise bestellten Taxen. Britta summt was von Led Zeppelin.
Wir sind nicht die geworden, vor denen uns unsere Eltern gewarnt haben.

Meine Freunde

Sie, die in der Überschrift gemeint sind, sind einige. Nicht viele, nicht wenige. Wichtiger ist mir gewesen, sie waren da. Nicht immer greifbar, wenn ich sie brauchte, aber vorhanden.
Manchmal spendeten ihre verzerrten Stimmen auf Anrufbeantwortern Trost.
Ich habe nie viel Trost gebraucht.
Sie haben sich nie sonderlich gut verstanden. Besonders die nicht, deren Stimmen auf Kassettenschleifen besonders witzig zu sein müssen meinten.
Aber sie mochten mich. Aus dem einen oder anderen, diesem oder jenem Grund. Mochten meine Stimme, meine Gedanken, meine Art, Frischkäse mit Petersilie zu machen und ihn Quark zu nennen. Knoblauch war auch dabei.
Ernst war nie dabei. Nie war es ernst, und ich kenne kein ernsteres Wort als jenes.
Manche Leute nennen ihr Kind wohl so, weil sie keines mögen. Ganz egal, das Gras wächst über mir, Radieschen auch.
Gestritten haben sie sich, die Freunde. Zumal, wenn ich Geburtstag hatte. Immer im Juli. Immer am ersten Tag jenes Monats war mein Geburtstag.
Gestritten wurde, wenn genug Leute Zeit hatten, feiern zu kommen. Prost, Robert!
Dabei heiße ich Bob. Hieß ich Bob und sagte guten Tag dem Dirk, dem André und dem Peter. Küßte Britta, Ute, Franka und Lise. Prostete allen zu. Knapp haben die Stühle gereicht.
An Themen für Streitereien hat es nie gefehlt. Laut war es jedesmal. Ehrlich auch, mehr oder weniger.
Ihr wart, wie Ihr seid. Ich bin, wie ich war und sehe eure betretenen Gesichter.
Wußtet Ihr nicht, daß ein Sarg tatsächlich aus poliertem Holz ist? Die Griffe aus massivem Messing? Die Grube grad zu tief, um drin zu verschwinden?
Ihr schweigt. Es gibt Schnaps – nach dem Essen.
Nehmt Truthahnkeulchen. Tut mir den Gefallen, weil dieses Gericht so lustig klingt.
Ihr solltet euch sehen. Ihr seht euch ja. Ihr solltet euch ansehen!

Mein Gott, so streitet doch! Seid, wie es sich zu sein lohnt. Dem Wirt sagte ich zu Lebzeiten: ein erster Wodka gebührt dem, der mich fröhlich schildert.

Flaschen möchte der, der jetzt – wenn auch geographisch versetzt – unter euch weilt, auf den Tischen sehen. Leere und umgekippte, aber erst mal volle: Likör und Wein, Schnaps und Bier. Schreien kann ich nicht mehr.

Betrinkt euch und wälzt Probleme, schließt neue Freundschaften. Fahrt euch ab und zu mal gegenseitig durch die Haare. Vielleicht zärtlich.

Versprecht mir, nicht an Gott zu glauben!

Macht mal was zusammen. Lacht.

Oder erfindet spaßeshalber einen runden, einen kugeligen Sarg.

Laßt euch, wenn ihr dran seid, in einer Kugel beerdigen. Nehmt eine silberne. Metallic blau, schwarzblau und glänzend.

Tropfen würden abprallen. Unter der Erde gibt es keine Tropfen, das Wasser schleicht. Egal.

Schmeckt das Hähnchen »Trut«?

Nein, wir sehen uns nicht wieder. Nicht in dieser Welt, schon gar nicht in einer anderen. Von Bitterfeld rede ich erst gar nicht.

Meine letzten vier Wände sind schlecht verarbeitet. Das neue Holz arbeitet, ächzt. Die Nässe des Grundwassers ist schuld dran.

Ein Pärchen Würmer küßt sich.

Sie tun es in meiner Stirnhöhle und vertreiben die letzten logischen Gedanken aus diesem Hirn.

Vielleicht wäre eine Feuerbestattung schmerzloser.

Wie's geht

Die Farben, die wir suchten, sind gekommen. Die Weite, die wir ahnten, ist nun da. Mit jedem Atemzug Benzinduft und Freiheit. Wir sind ganz Tastsinn und Begierde; die Augen weit aufgerissen, wird sogar der Reflex des Lidsenkens unterdrückt. Im Fahrtwind trocknen Tränen schnell oder verfliegen, ehe jemand sie sieht.
Geliebt wird intensiver und hastig, nur ja nicht das Fenster schließen!
Man grüßt sich mit ein wenig Verlegenheit. Schneller als die garantiert wasserdichte neue Uhr mit Taschenrechner zählt unsere Ungeduld Sekunde um Sekunde.
Und was jetzt alles in Zeitungen steht! Nur fehlt die Zeit zum Lesen. Neben Traueranzeigen wirbt ermunternd ein Beerdigungsinstitut. Doch wen interessiert schon Reklame?
Es gibt immer Räder, unter die man kommen kann; aber schließlich trifft nicht jede Kugel. Für breite Radialreifen und hochhackige Damenschuhe fließt Asphalt aufs Kopfsteinpflaster und erkaltet sehr viel rascher als früher; selbst Joggen scheint so gesünder. Vor dem Rauchen warnt uns der Herr Minister. Das rührt.
In der Glücksschmiede glühen die Eisen im Feuer. Alte Frauen meiden Paternoster und haben Angst, im neuen Fahrstuhl steckenzubleiben. Mit mühsam unterdrückter Ungeduld führen wir sie gelegentlich noch über den Schutzweg. Bald wird hier ja eine Ampel stehen, sogar für Blinde.
Die Stammtische bleiben leer. Wortfetzen auf jetzt sogar transkontinentalen bunten Urlaubsansichtskarten erschöpfen sich meist in überschwenglichen Adjektiven.
Heimlich, weil ich's mir nicht erklären kann, beginne ich ein kleines bißchen Erinnerung an die Wasserstellen in der früheren grauen Einöde zu pflegen.

Kabunke

Als Kind faszinierten mich ungeheuer die pergamentenen Fensterchen in Telegramm-Umschlägen. Ich habe sie gesammelt. Nicht die Fensterchen, die Umschläge natürlich. Wäre daraus eine andauernde Leidenschaft geworden, würden spätestens seit der Wende dafür eingerichtete Regale brechen.
Nicht für die Wende, die Umschläge.
Heutzutage ist mir die Wirtschaftlichkeit klar: Man braucht die Adresse nur ein- mal zu schreiben. Lobenswert daran: Neben Eduscho und Quelle benutzen auch Ämter diese Methode.
Die Briefe mag ich trotzdem nicht. Sie enden häufig mit der Floskel: Hochachtungsvoll der Polizeipräsident oder .... Ihre Bußgeldstelle. Wieso meine. Vielleicht weil ich inzwischen genug bezahlt habe, das sie zum Teil mir gehören dürfte. So seufzt man im Flur.
Aber das Bezirksamt hatte geschrieben, besser gesagt mit krakeliger Schrift meinen Namen in manche freie Stelle eingetragen. Mir war Angst davor, das Dokument studieren zu müssen, indes hatte Bezirksangestellte Henke deutlich 3 Punkte auf der Rückseite von Anlage IV formuliert.
A: Sind Sie nun Schriftsteller?
B(Sternchen): Dann beweisen Sie dies!
C: Wenn nicht, wozu zum Teufel brauchen Sie ein Arbeitszimmer?
Das lustige Sternchen-B nebenst. klärte auf:
- Sie sind Mitglied eines Autorenverbandes.
- Sie sind der Senatsverwaltung für kulturelle Angelegenheiten bekannt! Hochachtungsvoll ...
Mag sein, der Kaffee diesen Morgen war zu stark, möglich die Sonne schien wärmer, jedenfalls wurde ich nicht entmutigt und beschloß, mich der zuständigen Senatsverwaltung als kulturelle Angelegenheit bekannt zu machen.
Sie hieß Kabunke: »Kabunke?!«
Ich fragte und bekam von einer sonoren, ruhigen Stimme bestätigt, im richtigen, wohl gerechten Teil unserer Stadtverwaltung gelandet zu sein. Telefonisch. Am Freitagnachmittag. Wie gesagt, manchmal scheint die Sonne wärmer. »Strahl«, schrie

ich los: »Strahl, Herr Kabunke, Schriftsteller ...« Meine Überlegung, Steuergelder durch knappe Übermittlung zu sparen, war fehl am Platz. »Strahl?!«, wiederholte Kabunke mit einer tragenden Stimme, die nur gutmeinende Beamte öffentlicher Dienste haben, meinen Namen: »Ich war doch in jedem ihrer Stücke, in manchen sogar zwei-, in einigen dreimal!« Sein gemütliches Lachen verriet mir die Erinnerung an Kollektivausflüge. »Das«, sprach ich sanft, »wird meinen Vater sicher freuen! Denn 's ist der Sohn hier, nicht der Rudi!«
»Der Manfred vom Eulenspiegel also!«, beschloß Kabunke und muß mein Schlucken gespürt haben.
»Mein Onkel! Herr Kabunke!«
Wir schwiegen. Das verband uns. Ich mit zugeschnürter Kehle, schweißnassen Händen und der wachsenden Gewißheit, einen menschlichen Beamten am anderen Ende der Leitung zu haben, dem die Situation ähnlich peinlich war. »Sie schreiben auch?« Sein Räuspern war ja sympathisch, so sehr.
So sehr, daß mir mein Redeschwall wie Überfall vorkam. Je mehr, je mehr mir mein Leben von den Lippen sprang. Was ich für die »Junge Welt« geschrieben hatte, für die »Berliner Zeitung«, den »Sonntag«, nun »Freitag«.
Was tue ich da? Mir geht's um das Arbeitszimmer des sozialen Wohnungsbau.
Nutze die Verlegenheit des belesenen Kabunke aus. Schnöde, angeberisch.
Über dieses schlechte Gewissen wurde meine Aufzählung leiser und leiser. Bis sie im Rauschen der Leitung erstarb, erschöpft erstarb.
So war mir, nun soll Kabunke urteilen, ich nehme es hin. Lügen ist zwecklos.
»Ihnen auch schönes Wochenende«, klang Kabunke in anderer Richtung erstaunlich klar. »Mein lieber Herr Strahl, reden Sie am Montag mal mit Frau Drippe Zimmer B 3/14. Ich bin hier nämlich Pförtner. Und wenn Sie Ihrem Vater ...«
Nein, keinen Gruß richte ich aus. Für mich steht nur fest, Montag früh, Zimmer ...?

Auf Kreta

Alle Männer, sagt meine Frau, schreiben ständig über ihre Frauen.
Meine Frau ist langbeinig, blond, meistens fröhlich und im Moment davon eingenommen, Biographien berühmter Schriftsteller, Regisseure und Schauspieler zu lesen.
In ihrer Stimme schwingt sanfter Vorwurf. So sanft, daß der Deckenpropeller unseres griechischen Hotelzimmers zu drehen anfängt.
Die Wasserzufuhr Kretas ist, jedenfalls dort, wo wir wohnen, gestoppt. Der Swimmingpool hat vier trockene Wände, einen mit Pflanzen überwucherten Grund und beschäftigt mehrere gutaussehende Schwimmlehrer. Eine reibungslose Spülung der Toilette erfolgt zwischen zwölf und eins.
Ein Paraglider stürzt ab. Kinder bewerfen sich und ihre Eltern mit Quallen. Eigentlich findet man wenig Wasser, dafür aber Quallen und Kinder.
Das ist überhaupt nicht lustig, findet die leicht verbrannte Hälfte meines Lebens, und kleine Stücke ihrer mitteleuropäischen Haut verbleiben im Handtuch, während sie sich umwälzt.
Es scheint dafür ein geheimes Zeichen zu geben. Zeitgleich, sprich im selben Augenblick, drehen sich andere Weiber ihre Leiber.
Es erfolgt eine Umwälzung. Ich werde an Robbeninseln erinnert. Es können auch Kolonien von Seekühen gewesen sein. Irgendein »Sielmann-Report«.
Dem entspricht auch der nachdenkliche Blick der aufgestützten Männer. Ihre Schnurrbärte hängen im Wind, ihre Oberkörper sind lüstern erhoben.
Cremst du mich ein? Ich komme der Aufforderung nach. So gründlich, wie es möglich ist, leider nur gedankenverloren.
Woran denkst du? Ein Mann sitzt mit cremeverschmierten Händen am Strand, hält diese hilflos in die Luft und soll antworten. An dich, antwortet er halbwegs wahrheitsgemäß oder wütend.
Das über und über gebräunte Mädchen geht vorbei, schwebt, lächelt. Es läßt liegend eine Welle über sich hingleiten und winkt.

Ich winke zurück.
Ein Sandkörnchen löst sich von meiner fuchtelnden, verklebten Hand. Es fliegt mir ins Auge.
Die Arme meiner Frau hantieren am Rücken, um den Verschluß aufzubekommen, weil sie keine weißen Streifen haben möchte. Ich sehe nichts.
Die Mädchen winken den Surfern zu.
Unser Sonnenschirm wird von einer Brise erfaßt und fliegt davon. Ich stolpere ihm halb blind hinterher. Jetzt hat sich die Seite verschlagen, bleibt mir in den Ohren.
Der Arzt im Hotel ist eigentlich kein Arzt, so wie das Hotel eigentlich kein Hotel ist. Ein Student aus Heidelberg fährt mir mit fahrigen Bewegungen und einem Ohrtupfer im Auge herum. Die Satellitenschüssel haben Windstürme vom Dach gefegt. Es regnet. Mein Auge tut weh. Scheinschmerz, sagt der Wehrdienstverweigerer. Er mietet den letzten Jeep und lädt meine Gattin ein. Schreib schön, sagt sie.
Nach zwei Zigaretten ist das Zimmer voller Qualm. Nach zwei Wochen ist der Urlaub vorbei.
Man schreibt Adressen auf die Brechtüten und reicht sie einander. Videoabende von Kassel bis München, Cottbus oder Berlin werden vereinbart.
Sag »Hallo«, sagt meine. Hallo, sage ich. Abschied. Wir drängeln uns zum Taxi. Sie trägt ein Seidentuch. Es ist bunt und wird vom Berliner Wind entrissen. Gott, wie schade, raunt die schwatzhafte Kuh von unserem Frühstückstisch. Gut, daß die Türen automatisch öffnen. Pendeltüren wären mir ins Gesicht gefallen.
Herrlich, herrlich, höre ich ihre Stimme. Sie telefoniert. Lange. Die Mutter soll's wissen. Wir sind zu Hause.

Ein Brief

Liebe Hildegard!
Ich hoffe, es ist schön in Rimini, das Wetter besser als hier, und Dein Hotelzimmer hat eine Klimaanlage, die gelegentlich sogar funktioniert.
Sicher wunderst Du Dich, schon jetzt einen Brief von mir zu erhalten. Grund dafür ist: Ich habe nachgedacht. Über unser Leben. Und ich gebe dir Recht. Punkt für Punkt.
Glaube es ruhig. Dieser erste getrennte Urlaub unserer Ehe trägt bereits nach zwei Tagen Früchte. Weshalb ich dich nur bitten kann: Verzeih mir!
Verzeih meine allzu seltenen, allzu flüchtigen Zärtlichkeiten. Mein Desinteresse an Deinen Problemen, falls Du mal welche hattest. Sogar die Kinder habe ich vernachlässigt.
Ach ja: Wie geht es ihnen? Alle gesund und munter? Grüße sie bitte!
Und sei gewiß: Unsere Ehe wird fortan demokratischer werden, interessanter, ausgeglichener. Ich verspreche es Dir.
Wir werden ins Theater gehen. Du kannst öfter auch mal mit dem neuen Auto fahren, während ich lerne, den Waschvollautomaten zu bedienen. Natürlich muß ich endlich auch Deine neue Rolle als Frau in dieser Gesellschaft anerkennen.
Anfangs kann es eventuell Schwierigkeiten dabei geben, aber sie sind zu bewältigen. An mir soll's jedenfalls nicht liegen.
Vor allem dürfen wir nicht nachtragend sein; schon gar nicht wegen unserer dauernden Streitereien abends beim Fernsehen. Erst jetzt kam ich drauf: sie waren vielleicht die Wurzel allen Übels. Mindestens das jeweils auslösende Moment, womöglich sogar – wie ich jetzt fürchten muß – für Deinen Gedanken an Rache.
Noch einmal: Bitte, verzeih mir. Genieße die Sonne in Rimini, geh ruhig nachts tanzen. Auch wenn du mal flirten möchtest ... Ehrlich: Ich habe überhaupt nichts dagegen.
Aber telegrafiere bitte sofort, wo Du die Fernbedienung versteckt hast!
In Liebe
Dein Mann

Vorboten

Mir ist kalt. Ich stehe, nur mit einem Bademantel bekleidet, in einem eisigen Wind.
Eine Stimme fragt mich nach Feuer, und als ich mich umwende, starrt mich das fahle Gesicht eines Vampirs lachend an. Der Bademantel ist aus dünnem Tuch, schweißnaß hindert er mich bei jeder Bewegung, während ich flüchte. Hexen mit blutunterlaufenen Augen jagen hinter mir her, eine Zwangsjacke in der Hand, versuchen sie, sie mir überzustülpen.
Jemand stellt mir ein Bein, ich falle mit dem Gesicht in lauwarme Schokolade und ersticke fast. Ich schreie auf, und eine riesige Gestalt lächelt mir den Autoschlüssel aus der Tasche, verwandelt sich mehrfach und rauscht mit meinem Wagen davon.
Eine Spinne fragt, ob ich Haftschalen trage und zielt mit ihrem Bein gegen mein Auge. Ich will weglaufen, schwimme aber in Pfirsichbowle. Jemand, ein großes Gesicht mit fehlerhaftem Gebiß, hebt den Deckel hoch und fischt mich heraus.
Meine Hände erreichen den Rand des Glases, dann werden die Finger zu Kandiszucker und fließen von mir herab. Vor Angst kugele ich mich zusammen – zu einer Kirsche. Etwas Langes, Gelbes nimmt mich auf seine Spitze, ich verschwinde in rötlicher Dunkelheit.
Kurz nun, mit ekelhaftem Geräusch und dem Gefühl, einhundert Meter gefallen zu sein, lande ich im weichen Teppich. Völlig unbeachtet. Ich schreie so laut, ich kann. Doch niemand will hören, daß ich hier zu Hause bin. Zarte Stiefel treten mich tief ins Muster. Ich weiß nicht wohin. Lustig für alle anderen hebt sich der Tisch, mit ihm eines der Beine. Als er sich senkt, liege ich darunter. Es wird dunkler und dunkler, es zerquetscht mich, preßt meine Seele aus dem Leib, doch ich schweige und erwache.
Mein Pyjama klebt mir am Leib, und ich weiß, es wird wie immer an christlichen Feiertagen: Die Familie kommt zusammen.

Ehemänner I

Ein netter Ehemann erklärt seiner erschrockenen Frau morgens trostvoll im Bad, er habe versehentlich seinen Fuß mit auf die Waage gestellt.

*

Ein praktischer Ehemann nutzt die Zeit, mal wieder ins Kino zu gehen, während draußen seine Frau das Auto rückwärts einparkt.

*

Ein naiver Ehemann geht täglich mit dem Hund des vielbeschäftigen netten Nachbarn ein Stündchen Gassi.

*

Ein boshafter Ehemann kehrt vor dem Orgasmus seiner Frau unangemeldet von der Dienstreise zurück.

*

Ein höflicher Ehemann betritt grundsätzlich vor seiner Frau ein Restaurant und vermeidet somit, ihre Taille zu betrachten.

*

Ein müder Ehemann freut sich nach Feierabend über das Wiederfunktionieren der Waschmaschine, vergißt aber oft, dem jungen Elektriker ein angemessenes Trinkgeld zu geben.

*

Ein heiterer Ehemann ist jemand, der in amerikanischen Filmen der fünfziger Jahre mit Doris Day verheiratet ist.

*

Ein lebender Ehemann, meinte eine kluge Frau, ähnele verblüffend einem toten Liebhaber.

*

Ein trunksüchtiger Ehemann wurde des Mordes am Freund

seiner Gattin angeklagt. Zur Begründung der Tat erklärte er, zwei Säufer wären für seine arme Frau nicht zu ertragen gewesen.

*

Ein schwerhöriger Ehemann leidet darunter, daß seine Frau zu glauben scheint, er wäre auch halbblind.

Sehnsucht

Cynthia sah hinaus. Wieder fiel Schnee; der vom vergangenen Tag war an schrägen Baumstämmen festgefroren und verklebte halbrund die Ecken des Fensters.
Obwohl die Flocken fett und träge zur Erde sanken, war es viel zu kalt, um hinauszugehen. Wie inbrünstig sie gegähnt hatte, wurde Cyntia nicht mal bewußt, als sie damit fertig war.
Sie sehnte sich nach dem Frühling, erstem Vogelzwitschern.
Den wenigen Spatzen am Futterhäuschen war offenbar so unbehaglich, daß sie nicht mal ein Piep hervorbrachten.
Cyntia veränderte den Blickwinkel und betrachtete einen Moment wohlgefällig ihr Spiegelbild. Aber was nutzte es, jung und hübsch zu sein, wenn die wenigen hastenden Passanten ihr doch keinen Blick zuwerfen würden?
Nein, es war wirklich kein Wetter für die Straße.
Wieder mußte sie gähnen, die übermäßige Wärme der Zimmer verdroß sie jetzt beinahe.
Der Schnee verdichtete sich weiter, bis draußen kaum noch etwas zu sehen war. Er dämpfte alle Geräusche, ein Telegrammbote ging ohne aufzublicken an der Pforte vorbei.
Cyntia dachte flüchtig an ihren Freund Rolf. Verwarf aber rasch den Gedanken, ihn abzuholen. Um diese Zeit war er müde und faul, seine Späße langweilig, seine Zärtlichkeiten platonisch.
Ob sie sich einen neuen suchen sollte?
Igor vielleicht, den kräftigsten Typen im Kietz. Etwas prahlerisch zwar, aber mit Geduld ließe sich das vielleicht ändern.
Doch es war ja Winter, fiel ihr ein, aus dem kleinen Traum gerissen. Wo sollte man sich treffen? In zugigen Hausfluren etwa?
Sie sah mißmutig aus dem Fenster und konnte selbst einem plötzlichen Tanzen der Flocken nichts Lustiges abgewinnen.
Eher noch dem Gefühl unendlicher Langeweile. Es begann zu dämmern, und nach kurzem Flackern leuchteten nutzlos ein paar Straßenlaternen auf.
Cyntia zwang sich noch einen Augenblick, sitzenzubleiben, sprang schließlich vom Fensterbrett, machte einen Buckel

und ließ die Schwanzspitze vibrieren. Vorwurfsvoll sah meine Katze zu mir am Schreibtisch auf und ging majestätisch in die Küche.
Mir war, als hätte ich zuvor ein mitleidiges Seufzen gehört.

Ach, Maria
oder
Ich bin entschlossen

Es ist viel zu spät, um noch wach zu sein.
Die Prenzlauer Allee holt das letzte Mal schlafend tief Atem.
Bald sitzen in der S-Bahn keine Nachtschwärmer mehr, sondern frühe Arbeiter. Viel zu schnelle Taxis bringen Pärchen nach Hause oder in eine einem der beiden gänzlich unbekannte Gegend. Schwarze Lautsprecherboxen verstummen hallend.
Ich höre Radio – Oldies – und bin erschrocken, wie viele Titel mir während der Pubertät so sehr ins Ohr gedrungen, ins Blut gegangen sind.
Du liegst im anderen Zimmer und schluchzt, seit ich Dir das erste Mal »Gute Nacht« gesagt hatte.
Ich weiß, was du willst. Aber auch wenn dir jedes Verständnis dafür fehlt: ich bleibe bei meinem Vorsatz!
Spiele nicht mit meiner sonstigen Nachgiebigkeit in allen möglichen Dingen.
Bei »Let it be« von den Beatles werde ich fast schwach, doch ausgerechnet die Textzeile hindert mich daran, zu dir rüberzukommen.
Jetzt weinst du, fein dosiert, ab und an das Radio schwach übertönend. Ich zünde mir eine Zigarette an. Nein!
Ach, Maria! Die Tränen laufen an deinen schwarzen Wimpern entlang, du wischst sie nicht ab, dein Kopfkissen wird naß. Natürlich rührt mich das, aber ich kann nicht. Ich will nicht, auch wenn dein Weinen jetzt Elvis Presleys »Love me, tender« zwar nicht übertönt, aber empfindlich stört.
Gib dir keine Mühe, heute bleibe ich hart. Versteh mich bitte.
Man muß doch als Mann seine Selbstachtung bewahren!
Und als Vater Respekt. Also: das nächste Fläschchen gibt's erst halb fünf!
(Es ist ja schon fast vier, Deine Mutti auf Dienstreise und meine Uhr geht, glaube ich, eine gute halbe Stunde nach.)

Ehemänner II

Ein zigarrerauchender Ehemann ist jemand, der gelernt hat, sich selbst mit Genuß den Mund zu verschließen.

*

Ein trauriger Ehemann ist unter seinen Kollegen als Scherzbold bekannt.

*

Ein brillanter Ehemann zeichnet sich dadurch aus, daß alle seine Freundinnen (mit ihm verheiratet sein möchten) ihn gerne dazu machen würden.

*

Ein pflichtbewußter Ehemann achtet darauf, daß seine Frau am Donnerstagmorgen nicht sieht, wie er sich für den Mittwoch oder Freitagabend ein Kreuzchen in den Kalender macht.

*

Ein seliger Ehemann hat erreicht, was im Leben seiner Frau für ihn zu erreichen war. Sie lebt noch.

*

Ein lustiger, lebensfroher, kontaktfreudiger Ehemann, der überall gern gesehen ist, hätte nicht geheiratet.

*

Ein alter, zufriedener und glücklicher Ehemann wurde vor nicht allzulanger Zeit der heißen Erde übergeben. Der Harem weinte.

Beinahe

Natürlich kommt sie zu spät. Sie ist schon immer zu spät gekommen, sogar bei ihrer Geburt. Statt mit meinen Freunden im Kaulsdorfer See zu baden, habe ich neben meinem Vater im Krankenhaus Kaulsdorf gesessen, bis am Abend eine interessant gebaute Schwester das plärrende Bündel hinter der Scheibe hochhielt. Mona.
Die Kellnerin fragt, ob ich noch ein Bier wolle. Ich lächle freundlich und bestimmt. Nun wird sie von selbst darauf achten, ob mein Glas leer ist. Das sind Erfahrungswerte. Wenigstens hat der Frühling begonnen, meine Scheidung jährt sich, warum also nicht ein wenig flirten. Nur dieser Typ stört. Er sitzt so unglücklich, daß mein Blick ihn streifen muß, egal ob dieser der einen oder anderen Bedienung folgt. Seine Aufregung scheint offensichtlich. Wer zweifelt heutzutage noch am Richtiggehen seiner Uhr? Er sieht passabel aus, Cordanzug, naßrasiert, Mitte Zwanzig, wie Mona. Ach ja, Mona. Es ist total wichtig! hat sie ins Telefon gequietscht, den Termin ausgemacht und aufgehängt.
Warum lächelt der Kerl so? Mit ihm will ich nicht flirten. Die Kellnerin der anderen Tische nicht mit mir. Gut, das passiert. Achtunddreißigjährige dürften ihr zu alt sein. Vielleicht kaufe ich ja zur Abwechslung einen Camel-Anzug für diesen Sommer. Mein dazu überlegendes Starren war ein Fehler. Der herausgeputzte Schnösel strahlt übers ganze Gesicht. Bestimmt ein Schwuler. Wie mein Schwesterchen aus Erfahrung weiß, meine zusammengezogenen Augenbrauen wirken furchteinflößend. Er tut so, als suche er das Feuerzeug. Es liegt vor ihm auf dem Tisch. Der Ärmste!
Wie erwartet, wird das gerade geleerte Glas von zarter Hand und mit Augenaufschlag gegen ein volles getauscht. Das stimmt milde. Zumal in unserem aufgeklärten Zeitalter. Ich sehe attraktiv aus, auch für Homosexuelle. Was soll's? Ein freundlicher, distanzierter Blick gehört zur Toleranz heutzutage. Er saugt ihn auf und schickt ihn dankbar zurück. Mein Gott, wie leicht es ist, anderen Freude zu bereiten! Nicht Begierde zu erwecken! Seine Verlegenheit scheint mir kokett, etwas gewollt.

Das nächste Bier kommt, der nächste Augenaufschlag. Es schmeichelt, gemocht zu werden.
Der Berufsverkehr ebbt ab. Die Leute bummeln zu den Nachmittagsvorstellungen der Kinos. Zwei Mädchen setzen sich an seinen Tisch. Ich hatte recht. Er weicht zurück und sieht mich um Verzeihung bittend an. Was für ein Irrtum, welche Tragik. Meine Situation ähnelt heikel der seinen, denn die beiden Hübschen sehen zu mir. Soll unser zartes mentales Band zerrissen werden wegen eines Flirts mit dem anderen Geschlecht? Soll ich ihm die unerfüllbaren Träume nehmen, ihn zerstören und winzig machen an diesem Tisch mit der kleinen Marmorplatte? Was für ein großartiger Abend, vor solche Alternativen gestellt zu sein! Mein Entschluß steht fest: Ich werde traurigen Gesichts zahlen und das Café nahezu festen Schrittes verlassen. Hinter mir bleiben dann Erstarren, Trauer, Unverständnis ...
Ein Weiser geht, der alles, alles hätte haben können.
Mona kommt. Wie immer zu spät, wie immer zu laut. Das nun sei ihr neuer Freund, er habe mich gleich erkannt. Zum Glück reicht er mir knapp bis an die Schulter wie ihre beiden Mitstudentinnen auch. Sie hauchen mir Küßchen links und rechts auf die Wangen, bevor sie ins Kino verschwinden. Großartige Abende gibt es.
Meine Kellnerin setzt sich an den leeren Tisch. Sie macht eine Rechnung fertig und heißt Manuela.
Wie ich später erfahren werde.

Im Freien

Mehr und mehr Gaststätten unserer Stadt stellen Tische und Stühle vor die Tür, natürlich nur im Sommer. Und nur, wenn es ein richtiger Sommer ist. Mit viel Sonne, wenigen Wolken, keinem Regen.
Den prallen Einkaufsbeutel stelle ich ans gußeiserne Geländer, das mich von den eiligen Passanten trennt. Eine fast freundliche Kellnerin bringt mir ein Bier.
Ich, jetzt Müßiggänger, freue mich des frühen Sommerabends und sitze so bequem wie möglich auf dem harten Gartenstuhl.
Außerdem freue ich mich über Mädchen. Kaum fünfzehn Meter weiter ist eine Boutique.
Also bleiben die aufreizend gekleideten Geschöpfe stehen, sich von mir mustern lassend. Hohe Schuhe oder Sandalen, Hot pants und hautenge Wollkleider.
Wie jetzt ein gelbes.
Sie überlegt, wiegt den schwarzen Schopf hin und her. Wahrscheinlich mustert sie den Leder-Minirock. Ihr Gewicht verlagert sie dabei von einem Bein aufs andere, ein höchst erfreulicher Anblick.
Wahrscheinlich reicht aber das Geld nicht.
Ich lehne mich übers Geländer. Das Kleid ist nicht nur sehr eng, sondern auch sehr kurz.
Ein wunderbarer Abend!
Seine Wärme, verbunden mit dem zweiten Bier, läßt mich der Schönen, als sie geht, fast übermütig ins bekümmerte Gesicht blicken. Dann ihr hinterher.
Als sie verschwunden ist, sehe ich sie. Eine andere. Die andere. Weit weg noch, in schwarz gehüllt.
Zwei diskutierende Gestalten in kaum verständlichem Akzent schieben sich zwischen uns, ich wechsele den Stuhl, so seh' ich sie wieder.
Blonde, ganz kurze Haare. Braune, ganz lange Beine. Leuchtende blaue Augen. Schwarzer Mini-Rock, schwarzes T-Shirt und eine freche Ledermütze auf dem Kopf.
Sie bummelt langsam in meine Richtung, wie eine Touristin in jedes Schaufenster blickend.

Ihre Lippen sind knallrot; mit Belustigung bemerke ich, wie erfreut sie von vielen anerkennenden Blicken Notiz nimmt.
An ihren Ohren hängen Ringe aus Messing erstaunlicher Größe.
Jemand spricht sie an, viel zu braun, um nur in Ungarn gewesen zu sein. Sie lächelt – und weist ihn ab.
Noch drei Schritte ihrer hochhackigen Schuhe, bis sie die Boutique mit dem Lederrock erreicht.
Ein kühlerer kurzer Lufthauch läßt mich frösteln. Sie auch, es ist deutlich zu sehen.
Das dritte Bier lasse ich stehen und bezahle gleich. Und wie ich's ahnte: nach einem kurzen, wehmütigem Blick ins Portemonnaie will sie verschwinden.
Der Lederrock also!
Soll das Bier ruhig warm werden, wenn ihr Blick sich beim Blick ins Portemonnaie – in meins – froh aufhellt und ihre Augen noch leuchtender werden.
Mich sehen viele neidisch an, als wir uns küssen.
O ja: Ich liebe meine Frau!

Ehemänner III

Ein hübscherer Ehemann wäre der, den sie möchten, bis sie merken, daß er zehn Jahre jünger aussieht, als sie vor zehn Jahren behauptet hatte, in zehn Jahren alt zu sein.

*

Ein abgeklärter Ehemann kennt das Schicksal der Perlentaucher. Um an die schwarze Perle, den Schatz zu kommen, zerbrechen sie unzählige fette alte Muscheln mit ihren schmalen Messern. Nur. Muscheln schweigen dann, Schwiegermütter reden noch weiter.

*

Ein zu allem entschlossener Ehemann ist relativ selten zu finden. Manchmal nur rennt ein solches Exemplar nackt durch die Menschenmengen und wirft Brezeln durch die Luft. Auch so entsteht Kunst.

*

Der mordlustige Ehemann erhebt das riesige Messer vor jedem Verwandtenbesuch kongruent mit seiner Stimme.

*

Ein nachdenklicher Ehemann denkt sehr lange nach, ehe er zum zweiten Mal in seinem Leben Ja sagt. Dann aber hat er das passende Auto gefunden.

*

Ein unglücklicher Ehemann benutzt in Gesellschaft angeberisch das Adjektiv. Ehemann reicht.

*

Ein singender Ehemann, bisweilen trifft man ihn auf Straßen des nachts, hat vergessen, was ihn erwartet.

*

Ein angenehmer Ehemann ist der freundliche Trottel, mit dessen Frau ich grade schlafe.

KT 100
oder
Vater und Sohn
oder
Das scheinbare Wunder der Mikroelektronik als Geschenkidee, wenn man länger als acht Jahre verheiratet ist

(Fragment)

»Das«, sagte meine Frau, »ist genau, was ich mir schon immer gewünscht habe. Ein Walkman, stimmt's?«
Sie wußte, daß ich ihre Ironie erahnte und setzte tröstend hinzu: »Der neueste sicher!« Da fiepte auch schon die Mikrowelle vom letzten Hochzeitstag schrill durchdringend aus der Küche. Ähnlich klingt übrigens unser Telefon, wenn meine Schwiegermutter anruft.
Ultraschallerwärmte Roulade riecht eigenartig.
Aus dem Faxgerät quälten sich währenddessen Glückwünsche unserer Freunde und Verwandten. Nebst Fehlerberichten. Ein schöner Moment, nachzudenken. Zurückzudenken.
Mir fielen die Stöpsel aus den Ohren. Dabei hatte der Verkäufer mit mildem Nachdruck gesagt: »Die fallen bei keinem raus. Auch bei Nikki Lauda nicht!« Sein Witz.
Weiter dachte ich zurück. Zur Urzeit von sogenannten Transistorgeräten, zu einer Zeit, da meine Eltern jung waren. Ich halbwüchsig, so groß und breit wie mein Vater also.
Da waren Orangen orange. Oder grün, weil aus Kuba. Pioniertücher erst blau, dann rot und verschlissen. Meine Haare lang. Meine Mutter glücklich über ihren ersten Kassettenrecorder. KT 100.
Er hatte die Größe eines ungeschickt zerschnittenen Schuhkartons. Um das durchgehend graue Design aufzumuntern, war die Taste für »Stop« leuchtend rot. Solange jedenfalls, bis man sie vier- oder fünfmal benutzt hatte.

Gegenwart: Meine Frau stieß einen gellenden Schrei aus. Es kann auch ihre Mikrowelle gewesen sein. Sie mag es nicht, zu früh geöffnet zu werden.
Ich hörte mir zu. Meiner Stimme. Sie ist digital aufgezeichnet – im Anrufbeantworter.
Anrufbeantworter? Völliger Quatsch. Der nimmt ja nur Anrufe entgegen. Man lauscht erst mal gespannt, um nur hinzuzuspringen, wenn es einem genehm ist, zu sprechen. Da zu sein, für seinen besten Freund jederzeit.
»Ich war unter der Dusche.«
»Gratuliere!«
»Danke!«
»Bitte!«
Bis bald. Bald werden alle Fernbedienungen natürliche Batterien in sich tragen. Das wird ein schöner Fortschritt sein.
Man wird die Tastaturen angleichen, die Funktionen optimieren. Ein tragbares Bedienfeld 0 – 9 für alles, überlegte ich.
Die Balkontür stand offen. Der Rotkohl roch beinahe wie frisch zubereitet. Er roch nach etwas Schmalz, zwei Lorbeerblättern, zwei Nelken, der halben Zwiebel ...
Sogar nach mir. Meinem wütenden Gesicht beim Raspeln, der kurzen Hysterie »Wo steht neuerdings die Pfeffermühle?«
Deine Frage schwebte vorbei: »Brauchst du frische Milch oder angewärmte, um Püree zu stampfen?«
Ich wachte auf oder erwachte.
Statt früher üblicher Pfannen gibt es längst welche, in denen man kreisrunde Spiegeleier braten kann. Vier an der Zahl. Zu nichts sonst sind sie zu nutzen. Diesen Anfängen hätten sich unsere Großväter entgegenstemmen sollen.
Egal. Nimm Frischkäse, höchstens 25 % Fett. Mische ein absichtlich zertretenes heutiges Handy mit Bedacht ein. Salze, würze, gib einige Tropfen von Wehleid dazu und abgeschabtes Kunstleder. Meinetwegen auch einen Kuß – !
Es klingelt. Nimm bitte den Hörer ab.
Nein, laß es bleiben! Aber um auf den KT 100 zurückzukommen ... warte, ich hole ihn aus dem Keller!
(...)

Ich und andere

Überall auf der Welt gibt es junge nachdenkliche Männer, die hoffen, Schriftsteller zu sein. Egal, auf welchem Kontinent; sie träumen von Hemingway, trinken wie Chandler, reden wie Kafka oder haben Raucherhusten.
Viele sehen aus wie Brecht.
Ihnen allen zuliebe versinkt die Sonne in jeweiligen Meeren.
Dort sitzen sie am Strande, Bo Derek erhoffend.
Seit es die Schrift, die Bibel oder das Fernsehen gibt, gibt es uns.
Denn ich gehöre dazu.
Will meiner Stimme schriftlich Gehör verschaffen, hadere mit der Welt.
Überall auf der Welt hadern Kollegen von mir mit ihr.
Unsere Hoffnung ist der einmalige Gedanke, die Brücke am Kwai, vom Winde verweht, oder wenigstens Dallas.
So werden Tage verschlafen und Nächte zerredet.
Genial wird der Gedanke sein. Wie Krieg und Frieden. Die Lebenden und die Toten. Eine Wassergrube wird uns einfallen, ein Pendel dazu.
Dichter zu sein, heißt abzuwarten. Es kann mitten in der Nacht passieren, am frühen Morgen also, auf einer Behörde oder kurz vor dem Abendbrot. Genau da hatte ich sie, meine Idee. Die Idee.
Die Geschichte. Die Weisheit. Eine Moral und sogar den logischen Schluß. Ein Regenbogen kam ins Zimmer. Mir war, als hätte Lulu mich geküßt. Der Kugelschreiber begann übers Papier zu fliegen, Worte reihten sich an Worte, kein Komma stand fehl. Mein Name würde oben stehen!
Das weiße Licht eines einzigartigen Einfalls erfüllte den Raum, ergoß sich über den Schreibtisch. Ich schwebte.
Dann zerlief meiner Frau das Gelbe des Spiegeleis in der Pfanne. Wortreich war mein Trost, edel und wichtig.
Die Idee ist weg.
Millionen Dichter gibt es auf der Welt. Einige leben allein.

Montagmorgen

Es macht mir Vergnügen, rückwärts einzuparken. Ich halte parallel zum Wagen vor der Parklücke an, ungefähr einen halben Meter entfernt und lege den Rückwärtsgang ein, gebe weich Gas, drehe den Lenker nach rechts, proportional. Schaue in den linken Außenspiegel, weil die Motorhaube, der Bug, zur Straßenmitte wandert, also Nachfolgende stören könnte.
Wenn, dann Blick nach rechts, die nach oben angenommene Stoßstange im Beifahrerfenster erscheint und das Lenkrad im selben Tempo entgegengesetzt gedreht. Genug geübt paßt jedes Auto in jedwede Parklücke, die nur ein Drittel größer ist als das Auto selbst. Fünfzehn Zentimeter vom Bordstein entfernt. Ordentlich.
Ordentlich aber unnütz. Es gibt kein halbes Mischbrot. Es gibt auch kein ganzes Mischbrot, sagt eine als Bäckerin verkleidete Verkäuferin in einer Verkaufsstelle, die sich als Bäckerei tarnt. Das Gelee der Obsttorte fließt gelangweilt im zuckenden Licht verborgener Leuchtstoffröhren. Zwei Bauarbeiter starten vier gelbe Generatoren auf acht platten Reifen. Sie tragen orange Helme. Sie blicken sich an, Aug in Aug. Lärm für Lärm. Die erste Arbeit nun getan. Zeit für Rühreibrötchen.
Am Kiosk gibt´s keinen »Spiegel«. Der Zigarettenautomat spuckt keine Schachtel aus. Der Wetterbericht stimmt; es regnet. Der Wetterbericht stimmt; die Menschen sind grau und eilig. Der Wetterbericht irrt; die Gesichter sind frostig.
Ein Plakat für irgendwas, zuviel Leim hält es nicht, fällt zu Boden und wird zertreten. Auch von mir.
Meine Brille, sagt der Optiker in Parkplatznähe, bekomme ich Freitag. Pardon!
Meine reparierte Jacke, sagt der Schneider, bekomme ich vielleicht im Januar. So ist es halt. Ein freier Tag vergeht. Dann fällt Schnee.
Jeweiligen Donnerstags liegt keine »Woche« im Briefkasten, keine »Wochenpost«. Ich bekomme nie Päckchen überreicht. Am Freitag kriege ich den »Freitag« nie.
Verschlagene Handwerker wissen um schadhafte Rohre, Leitungen, Tapeten und Dielen. Sie klingeln kurz, und wenn ich

zur Tür gestürzt bin, verschwindet ihr hallendes Lachen im Treppenhaus.
Ab zwanzig Mark bekommt man italienisches Essen ins Haus. Warmgehaltene Gerichte, in Styropor verpackt. Eine Stunde später. Eine Stunde zu spät. Sie ist gegangen, die Kerze ausgeblasen.
Steak mit Pfifferlingen. Mein letzter Mut besteht darin, kein Trinkgeld zu geben. Der Bote kann ja für nichts. Ich auch nicht. Ich aber auch nicht!
Die Pfannkuchen schmecken morgen wieder nach Chemie.
Sparkassen machen auf und zu. Kleine Politessen klemmen eifrig giftgrüne Papierchen unter schwarze Scheibenwischergummis.
Daß da ein Tor war, habe ich übersehen. Zwischen den Pflastersteinen dorthin wächst Gras. Aber es ist eine ordentliche Einfahrt. Nach einem ordentlichen Orgasmus wäre mir zum Lachen gewesen. Aber selbst so finde ichs komisch. Und Beamtinnen tun mir leid!

Schnee im Juli 88

Meine Frau war schwanger. Dieser anstrengende Zustand neunmonatiger Vorfreude bringt für jeden werdenden Vater Schwierigkeiten mit sich. Es war Anfang November, unserer Zeitrechnung nach also vier Monate vor Dirkis Geburt.
Ich kam von einem Lehrgang, auf welchem sehr behutsam versucht wird, jungen unerfahrenen Männern das Wechseln von Windeln zu erklären. Janine thronte auf dem Sofa. Sie unterbrach sofort ihre Atemübungen, als ich eintrat. »Haben wir eigentlich Gurken im Keller?«
Ich ließ den Mantel an.
»Nein, Schatz, aber ich habe heute irgendwo in der Stadt Sauerkraut gesehen.«
Schatz überlegte mit verträumtem Gesicht und sagte: »Ja, aber dann ein Pfund.«
Erleichtert wollte ich mich umwenden. »Und bring gleich die Gurken mit!« Die Uhr zeigte viertel vor fünf.
Seufzend nahm ich die vorletzte Wartburg-Zylinderkopfdichtung aus dem Kleiderschrank und fuhr zu Achim. Achim ist Tankwart, hat aber seit mehreren Jahren eine Allergie gegen Benzingeruch, welche ihm rote Pickel ins Gesicht treibt. Deshalb sitzt er lieber rauchend in seinem kleinen Büro.
Anerkennend musterte er mein Angebot. »Wat willste dafür haben? Ne Lada-Hängerkupplung oder zwee Kupferspiegel?«
Achim kennt viele Leute und hilft allen gern. Ich schüttelte den Kopf. »Na jut, Großer. Zwee Karten für Union Berlin gegen Bayern München.« »Nichts von alledem«, flüsterte ich kleinlaut, »bloß ein paar Gurken.« Ihm fiel der Unterkiefer herunter und dabei die Zigarette aus dem Mund. »Biste überjeschnappt oder wat? Jurken? Im November?«
»Ich nehme auch welche im Glas«, entgegnete ich und zog dabei schüchtern eine Rolle Rauhfasertapete aus der Tasche.
Kurz wurden wir von einer unscheinbaren Gestalt unterbrochen, die, ohne ein Wort zu sagen, zwei Mischbatterien hereinbrachte und verschwand.
Achim schob sie mit abwesendem Blick in die rechte obere Schublade: er dachte nach. »Am besten, du kutschst jetzt mal

zu Kohlen-Ede und sagst, du kommst von Lothar, dem Klempner. Nimm gleich das Tiefspülbecken mit.«
Ich bedankte mich, warf den Spülkasten in meinen Kofferraum und tauschte noch einen Import-Quarzwecker mit Radio gegen zwei M- und S-Reifen.
Kohlen-Ede sah erst mißmutig auf seine Uhr, dann aber erfreut auf das Toilettenutensil. Bei dem Wort »Gurken« allerdings erschauerte er. Um ihn zu beruhigen, zeigte ich ihm die zwei Walkmen, die mich vorher in Alberts »Stumpfer Ecke« den einen Winterreifen sowie eine vollständige Sammlung Berliner Bierfilze gekostet hatten.
»Trotzdem aber zu knapp, Mensch. Zwei Dacia-Kotflügel und einen Termin für Jauche-Abfahrt in Hessenwinkel könnte ich dir ja sofort geben, aber Gurken...? Höchstens, ich ruf' mal meinen Schwager an. Der ist Fahrstuhlführer im ›Metropol‹. Vielleicht hilft der uns.«
Die Verbindung schlug fehl. Kohlen-Ede hatte den Pförtner des Fernsehfunks an der Strippe. Dieser nahm einen Walkman im Tausch gegen zwei japanische Farbbildröhren, suchte aber auch noch eine Drei-Raum-Wohnung in Dresden. Kohlen-Ede versprach, diese bis nächste Woche zu besorgen und legte auf.
Das zweite Mal hatten wir mehr Erfolg. Edes Schwager war gerade mit seinem Lift und dem Versuch, einer chinesischen Delegation Meißner Porzellan zu verkaufen, kläglich steckengeblieben, hatte also Zeit. »Hör zu, Alter, ich kann dir auch nicht viel helfen, aber ein Kollege von mir im ›Berolina‹-Hotel weiß da irgendwas. Er heißt Charlie und züchtet Rottweiler. Ihr müßtet bloß ein paar Gläser »Goldy« auftreiben. Denkst du auch an die Videos und ...?!«
Ich brauchte dem Gespräch nicht länger zu lauschen, sondern rauschte schnell ins »Wiener Café«. Helmut, der Wirt, begrüßte mich freundlich; schließlich brachte ich ihm zwei 145er Leuchtstoffröhren für die Küche mit. Dankbar nahm ich den Beutel mit der Hundenahrung. Seit Helmut asiatisch kocht, hat er genug davon.
Deutlich fühlte ich auf dem richtigen Weg zu sein. Im Parkhaus des »Berolina« war Charlie gerade mit mehreren Kollegen damit beschäftigt, eine Trabi-Rohkarosse auf einen Hänger

zu laden. Ich faßte mit an. Für die »Goldy«-Gläser bekam ich ein Flugticket nach Dresden. Einer der Jungs fuhr mich zum Flugplatz und kaufte meinen Wagen.

Im Grünen Gewölbe fragte ich nach dem Toilettenmann. Der hatte leider Urlaub, so daß ich nach Oberhof mußte. Wie er mir dort erzählte, war sein anheimelndes Quartier noch für August 1997 zu haben. Mit Freude nahm ich es an und gab dafür meine Auto-Anmeldung. Wir redeten kurz über Charlies Hunde. Meiner Frau schickte ich ein optimistisches Telegramm, denn die Gurken waren mir fast sicher.

Mein neuer Bekannter und ich stellten nur noch kurz ein Export-Wochenendhaus im Thüringer Wald auf, wofür wir einen uralten Lieferwagen, beladen mit Frottétüchern, bekamen und nach Prag fuhren. Nahe dem Wenzelsplatz, im Hof einer Fabrik für neogotische Türschlösser, war es soweit.

Ich hielt das Glas in den Händen, prall gefüllt mit köstlichen jungen portugiesischen Gurken. Mein Herz schlug laut. Doch für lange Augenblicke der Freude war keine Zeit. Nur unter der Bedingung, Bettbezüge nach Budapest zu bringen, war ich Besitzer des Gurkenschatzes geworden.

Zurück trampte ich mit einem dänischen Laster. Ich fühlte mich wohl. Auf dem rechten Oberschenkel ruhte der Plastikbeutel mit meinem schweren Gefäß. Den linken zerquetschte fast ein Kasten mit Tomatenketchupflaschen.

Auf dem Automarkt in Altglienicke erwarb ich einen völlig heruntergekommenen Skoda. Der sympathische Däne hatte mir für meinen rot-weiß karierten Schlips zwei tiefgefrorene Kälber aus dem Container geholt. Diese und das Ketchup nahm der Fleischermeister fürs Auto und bat mich herzlich, ihn oft zu besuchen. Ich fuhr nach Hause. Erschöpft, aber ohne sonderlichen Stolz, stellte ich die Gurken auf den Tisch.

Meine Frau rührte auf dem Herd in etwas ähnlichem wie Blumenkohl mit Schokoladenüberzug. Sie sah erst das Glas und dann mich an. »Na bitte! Und wo ist das Sauerkraut?«

Frage und Antwort

»Denke daran«, ermahnte ich meinen Freund Horst in einer Haarnadelkurve, während der Manta weit hinter mir blieb, »nichts zu trinken.« Wir fuhren zur Diskothek in die nächstgelegene Stadt, es nieselte leicht.
Ich hatte unlängst ein Auge auf Sylvia geworfen; sie ist im Umkreis mehrerer Kreise das dritthübscheste Mädchen, und einmal blinzelte sie sogar zurück. Vielleicht war ihr auch bloß eine Obstfliege ins Auge gekommen; egal, es galt, sie zu treffen, ihr aufrecht und imponierend den Hof zu machen. Nach vier bis fünf Cola-Wodka kein Problem.
Zurück führe dann also Horst.
Anfang ging alles reibungslos. Wir tanzten. Als ich Horst fragte »Hast du auch keinen Alkohol getrunken?«, schüttelte er den Kopf und der Keeper meinen nächsten Drink.
Die langsame Runde versprach viel, an zwei Stellen besonders. Dann spürte ich Horst auf. »Hast du«, fragte ich, »auch nichts getrunken?« Und wußte: auf sein entrüstetes »Nein« war Verlaß.
Ich trank zwei Vierfache, während ich geduldig auf die nächste langsame Weise und Sylvias empore Rundungen wartete.
Beim Tango stürzte ich auf sie zu und in die ausgestreckte Rechte eines mir unbekannten Melkers herkulischer Figur. Als ich wieder zu mir kam, gab ich Horst die Zündschlüssel und erkundigte mich mühsam, ob er wirklich nichts getrunken habe.
»Keinen Tropfen«, sagte Horst, »aber ...«
Ich zog ihn nach draußen und sagte etwas hastig: »Fahr schon«, denn der Melker folgte uns zu Fuß. So kamen wir glücklich davon.
Das Licht war still und leicht gelb; zudem riechen Krankenhäuser unangenehm.
Horst sah meiner nahezu vollständigen Eingipsung zu; er hatte sich immerhin angeschnallt.
»Horst«, ächzte ich vorwurfsvoll, »ich habe dich doch gefragt, ob du auch nichts getrunken hast?!«
»Du hättest mich lieber fragen sollen«, sagte Horst mit aller Ruhe seines verläßlichen mecklenburgischen Wesens, »ob ich einen Führerschein habe!«

Abrakadabra

In der großen Kantine der FTB-AG (früher: VEB FTB) trat Herbert Mittenseit während seiner fünfunddreißigjährigen Laufbahn als Zauberer nicht zum ersten Mal auf. Das Ende des Krankenhausaufenthalts und der besorgte Blick des Arztes lagen kaum drei Wochen zurück.
»Hören Sie auf zu arbeiten. Sie sind der Hektik des ständigen Umherreisens nicht mehr gewachsen!«
Herbert war das schon länger klar. Nicht des Geldes wegen hatte er noch gearbeitet, Kleinstadt für Kleinstadt mit seinem Wolga-Kombi abgeklappert. Mehr wegen der alten, verstreut lebenden Freunde. Und des spärlichen Applauses. Außerdem, die altersgerechte Einraumwohnung war alles andere als anziehend. Einziger Schmuck im Wohnzimmer: ein Plakat des Zirkus Busch, zwanzig Jahre alt, auf dem sein Name prangte. Nicht direkt »prangte«, aber er stand mit drauf.
Zum großen Durchbruch war es nie gekommen. Herbert hatte das ziemlich früh erkannt und sich damit abgefunden. Trat bald nur noch in Kulturhäusern, Jugendklubs oder eben bei Betriebsfeiern auf. Daß er seit langem mehr belächelt als bewundert wurde, war ihm klar.
Er zwang sich, nicht an die Zukunft zu denken und sich nicht durch die Eröffnung des kalten Buffets ablenken zu lassen. Im Saal wurde gegessen, geraucht und über die spätere Nachtwäsche-Modenschau gemunkelt. Auch wurden wohl Witze erzählt; weshalb sonst das gelegentliche Gelächter?
Albert, das Kaninchen, ließ sich gehorsam aus dem Zylinder ziehen; sein linkes Ohr hatte schon geraume Zeit über dessen Rand gehangen.
Einige wenige Leute klatschten mitleidig.
Ein Elefant müßtest du sein, dachte Herbert melancholisch.
Abrakadabra.
Da geschah es.
Albert sprang vom kleinen schwarzen Tisch, saß auf der Bühne und begann zu wachsen. Sein Fell wurde grau und zu lederner Haut, die Ohren weiteten sich, die Nase war plötzlich ein Rüssel.

Ein Elefant stand da. Zugegeben, ein kleiner, aber ein Elefant. Herbert erschrak. Bist du verrückt, Albert?
Spätestens bei der folgenden Explosion blickten nun alle Zuschauer zur Bühne.
Statt des Elefanten wieder ein Kaninchen. Herbert sah die offenen Münder und verbeugte sich unsicher, wobei er versehentlich mit seinem Zauberstab den Rand des Tisches berührte.
Dieser begann rot zu glühen und zerfloß mit leisem Zischen. Alles saß wortlos starr! Das Tablett eines Kellners fiel scheppernd zu Boden.
Der Requisiten beraubt, blickte Herbert hilfesuchend auf die ersten Saalreihen. Sofort schossen gewaltige Fontänen aus den Weingläsern. Sich tummelnde Fische noch darin, dachte Herbert – und wirklich: ein Forellenschwarm schwamm zur Decke und verwandelte sie in ein Wolkenmeer.
Herbert holte tief Luft. Das Ergebnis war der Lärm flüchtender Tiere, die durchs Unterholz brechen. Dann rollten Wellen schwerer Wagner-Musik übers Publikum, stießen sich am niedrigen Rand der Bühne und ließen die Leuchtstoffröhren flackern. Herbert formte mit leeren Händen goldene Kugeln und warf sie in die Luft. Sie wurden rot, grün, blau, gelb – alle Regenbogenfarben. Schließlich umhüllten sie ihn als fluoreszierender Mantel.
Nur sein Gesicht blieb sichtbar. Die beschwörend erhobenen Arme. Gewaltiger Sturm kam auf, Tischdecken und Haare flatterten, mehr und mehr Geschirr fiel zu Boden, eine neue Woge von Wagner brauste.
Mit zuckenden Blitzen machte der Magier das Tohuwabohu perfekt. Hagel peitschte herunter, Donner begann zu grollen, wurde stärker, ließ alles vibrieren, und dann – Stille. Ein atemloses Publikum im völlig verwüsteten Saal. Nur Herbert wußte, was geschehen war, berührte sich selbst mit dem Stab, eine winzige Sonne fraß ihn sekundenschnell auf.
Im Himmel hörte er sich – froh und bequem auf einer Wolke sitzend – den gewaltigsten Beifall seines Lebens an.

Lauf der Zeit

Sie trank sich nüchtern an billigem Wein. Süß oder herb. Ihr Kind, müde vom Spielen in der Krippe, schlief ruhig. Ein freundliches Kind. In den schmalen Schluchten von Berliner Hinterhauswohnungen putzt man die Fenster nicht. Ungefähr halb fünf ist es nötig, irgendein Licht anzuknipsen. Sie dachte selten an einen Vater, manchmal an einen Mann. Ein Teelicht und die matte Scheibe des alten Fernsehers gaben dem Zimmer kärgliche Romantik. Die Schulbildung hatte soweit erzogen, um bei der fremden Sendeschlußhymne zu frösteln. Still schlief das Kind, still war das blau-weiße Flimmern im Zimmer.
Ein Wort trennt Ost und West, ein behutsames Wort trennt sechzehn von sechzig Millionen: »Früher«. Im Westteil ist es ein individuelles Wort, selten benutzt, alte Leute erinnern sich an den Krieg. Jüngere Leute an persönliche Erlebnisse in geschichtlich irrelevanten Zeiten. Im Ostteil hat das Wort eine konkrete, kollektive Bedeutung. Mit ihm verbindet sich ein gewaltiges gesellschaftliches Ereignis, das Ereignis in unserem Leben bisher. Hinter »Früher« verklärt sich etwas, mit »Früher« wird alles Jetzige ständig verglichen, etwas wird, wie in Stein gemeißelt, betrachtet. »Früher« ist unser Fluch einer bewußten Reinkarnation. Sie trinkt sich nüchtern an billigem Wein. Die Teelichter rußen nicht mehr so sehr. Das Kind schläft artig. Es ist derselbe Hinterhof, und sie sitzt leicht zurückgelehnt. Halogenlampen sind sparsam, die beiden Weinkartons sind leer. Dem Kind wünscht sie sich einen Vater, der Manns genug für sie wäre. Der neue Farbfernseher wirft ein gestochen scharfes Bild.

Ehe eben

Er kommt geduscht und rasiert ins Wohnzimmer. Mit sauberen Fingernägeln, duftendem Hausmantel, aber verhängnisvoll ungekämmt. Bizarr stehen die Haare vom Kopf.
Seine Frau schaut nicht auf. Sie blättert die Fotoseiten einer Biographie weiter. Das Fenster ist dem leichten Wind weit offen. Im Park davor haben sich Pärchen küssend nichts zu sagen, flattern die Folien von Drachen über Pappelspitzen. Der Mann liest jetzt auch. Den Roman vom Nachttisch. Eigentlich wollte er fernsehen, doch das hätte die Ruhe des Nachmittags gestört. Da die Hochglanzseiten nicht mehr rascheln, hebt der Mann die Augen. Seine Frau betrachtet ihn mit einem sinnierenden Blick. Ihm fallen all die glücklichen Jahre an ihrer Seite ein, die Kinder, die Enkel. Er erinnert kleine Ärgernisse, bunte Reisen und viele Dinge, die nur sie beide wissen. Nachdenklich verklärt fährt sich der Mann durch die fast trockenen, strubbligen Haare und dankt, welchem Gott auch immer, für diese Frau.
Die soeben sagt: »Du siehst aus wie ein Idiot!«

Sowas gibt's

Quäle mich nicht mit Fragewörtern. Mir ist die Pause deiner durchdringenden Augen peinlich. Schon die Situation an sich und als solche. Das schwere Pendel der Uhr, die ständig nachgeht, schwingt bedrohlich nahe den Holzwänden.

»Warum?«

Was weiß ich. Wie soll ich es wissen. W ist ein umgedrehtes M. Doppel-V, sagt man im Englischen. Man findet jemanden, verliebt sich, fühlt sich wohl. Wohl in der Sonne, wohl im Herbst.

»Warum?«

Weil oder wenn's Zeit dafür wird. Bei Schnee oder zwischen Gänseblümchen. Im Laternenlicht passiert sowas genauso schnell wie vielleicht unter den Laserstrahlen einer Disco.

»Wo?«

Spielt denn der Ort eine Rolle? Geschehen ist geschehen. Ganz plötzlich. Tief und fest. Obgleich nicht körperlich!
Wirklich nicht?
Noch nicht. Das kommt bestimmt dazu. Ja, ich glaube, dazu wird es kommen. Früher als später, hoffe ich. Das macht mir Mut. Und das sage ich dir mit Mut.

»Wie?«

Wie sie aussieht? Ein wenig ähnelt sie dir. Du ähnelst ihr nicht. Jetzt nicht. Sonst ja. Oder auch gar nicht. Versteh doch bitte ein neues Gefühl, anders als unsere Selbstverständlichkeit. Und werde nicht wütend! Begründe dein Recht auf mich bitte nie mit gewaschenen Klamotten und gemeinsamen Fernsehabenden.
Ja doch: die Flurgarderobe hängt locker in den Dübeln, das

Auto zieht nach rechts, der Geschirrspülautomat kämpft mit seiner Garantiezeit. Du und ich wissen um Gemeinsamkeiten, 28 Jahre lang.

»Wer?«

Du kennst sie nicht. Benimm dich doch erwachsen. Begreife es als normalen Prozeß. Eine Beziehung endet, eine andere beginnt.
Vielleicht versteht ihr euch ja sogar. Tauscht Küchenrezepte und Irrtümer über mich aus. Frauliches halt.
Also hör auf zu weinen, Mutti!

Einrichten

Das Schlafzimmerfenster steht offen.
Die Laternen schalten sich an, und eine davon beleuchtet gewohnt kalt unser unordentliches Bett. Mein unordentliches Bett – jetzt. Die Tür fällt schnalzend ins Schloß, ein sattes, selbstzufriedenes Geräusch. Deine Koffer poltern die Treppe hinunter, weil ihnen die weltgewandten Rollen dort nicht helfen. Ich richte das Laken. Der Wecker fiept. So lange hätten wir spielen können.
Das Taxi schaltet automatisch in den zweiten Gang. Es hört sich wie langsames Atmen an.
Mir ist nicht nach Schlafen, mir ist nicht nach Fernsehen. Der Cognac schmeckt abgestanden. Die beiden Sektgläser sind halbvoll oder halbleer. Ich schütte die Vergangenheit an einer Kaffeetasse vorbei ins Waschbecken, poliere den Glastisch. Eine herbstschwache Fliege fällt aufs Linoleum und rettet sich zu Fuß unter die Couch.
So also ist es, allein zu sein. So also wird es werden. Der Geschirrautomat rumpelt. Tatsächlich, ich habe ihn angestellt. Geistesabwesend. Wieder fiept die Uhr, von mir vorprogrammiert, falls es ein Nachspiel gegeben hätte.
Du ißt bestimmt einen Hamburger, bevor kreischend dein Zug einrollt. Speisewagen haben teure Speisen. Tomatensuppen kosten sechs Mark. Sie werden bloß in Mikrowellen geschoben. Ich mache mir den Gulasch warm und fühle mich dabei wie ein uralter Mann. Meine Augenbrauen wuchern, die Jeans passen nicht mehr. Der Mond steht schief. Immer schon – beim Abnehmen?
Später klingelt das Telefon. Als ich meinen Namen sage, legt er auf. Bahnen verspäten sich, trotz oder wegen eingefahrener Gleise.
Die Gewürze sollten näher zum Herd, der Küchentisch muß höher werden, damit meine Rückenschmerzen beim Fleischschneiden aufhören. Der alte Schuhschrank wird Brennholz. Mein Rasierapparat bekommt endlich seinen wiederzufindenden Platz. Ins Gemüsefach werden Bierbüchsen gestapelt. Alte Arbeitskollegen kriegen die Speicherplätze des neuen Telefons,

die für deine Freundinnen vorgesehen waren. Ein Knopfdruck, und Günter ist am Apparat oder Horst. Oder Ute.
Bestimmt halte ich Plätze frei. Vielleicht lerne ich demnächst Uschis kennen, Sabinen und Veronikas. Ich könnte ihnen nun auch einen Liebesbrief faxen. Außerdem bestünde die Möglichkeit, jeder einzelnen eine Nachricht auf Band zu hinterlassen. Stimmerkennung plus Rufweiterleitung. Dazu Fernabfrage und Kopiergerät mit wächsernen Seiten, automatisch auf DIN-A4 geschnitten. Raumüberwachung.
Fast unbemerkt bist du zurück. Zuckst ein wenig mit deinen Schultern, nickst ein wenig mit dem Kopf, umarmst mich. Dann umarme ich dich, umarmen wir uns, und das Bett ist wieder voller Falten.
Ruf ihn morgen an. Ach nein: Jetzt kannst du ja auch ein Fax schicken!

Fluch

Sie scheitern, unsere lieben Kleinen, an uns. Bunt herausgeputzt, in Lacklederschwarz oder anrüchigem Grunge-Look stolpern sie mit gesenktem Kopf lustlos durch unsere gemeinsame Welt. Dabei lacht die Frühlingssonne heiter, spiegelt sich in Hals-, Nasen-, Ohrringen, wirft ihr Licht auf Augenbrauen- und Unterlippenverzierungen. Die Tattoos aus Phosphorfarbe versuchen vergeblich im Dunkeln zu leuchten. Was soll's, traurig hängen die grünen Haare auf die gebeugten Schultern meiner kleinen Tochter herab. Sie schlurft ins Kinderzimmer. Das Bemühen, »Take that« mit voller Lautstärke zu hören, um zu stören, endet erfahrungsgemäß kläglich. »Led Zeppelin« und Papas Anlage sind halt lauter. Mein armer Schatz ist Mitglied der verlorenen Generation.
Und was versuchen sie nicht alles, diese Kids? Rastalocken wie Bob Marley schon hatte. Schule schwänzen, was seit 68 kein Verbrechen mehr ist. Sie schminken ihre Äuglein und sind verbittert, wenn man ihnen zeigt, daß man Ober- und Unterlid gleichzeitig schwärzen kann. Raucht so viel ihr wollt! Ich tu's ja auch. Knappes T-Shirt ohne BH?! Sieh her, Töchterchen, ein Bild deiner Mutter! Töchterchen seufzt unfroh. Wir übrigens konnten die Mopeds noch so frisieren, daß sie fast achtzig fuhren, früher ging das.
Probiert euch aus! Die nachgiebige Mauer der Toleranz steht wabernd aber unverrückbar. Take it easy.
Natürlich machst du Urlaub mit deinem Freund! Willst du ein paar Dias sehen? Hier, das bin ich! Zwischen Bärbel und Anette. Woodstock in Wittenberg. Nein, Korruption gilt nicht. Techno-Beat mit ABBA-Titeln? Wir waren doch keine Softies!
Von mir aus sei fleißig und adrett angezogen. Mich schockt es keineswegs. Komm erst mal an meine Punktzahl bei deinem neuen Computerspiel!
Sie scheitern an unseren Geschenken. Das Taschengeld wird ohne Verhandlung erhöht. Manchmal rauchen deine Mutter und ich Gras aus Holland. Die ganze Wohnung riecht dann danach. Waren es Skinheads, die deshalb grün im Gesicht weggetorkelt sind? Egal.
Verstehe, mein Kind, »that's my generation«!

Monolog

»Wenn man älter wird, gerad' jetzt, lernt man dazu. Vom Fernsehen viel, vom Radio einiges und von Zeitschriften alles. Ich war ja nie unmodern! Mit der Zeit war ich immer. Möchtest du ein Glas Wein? Sekt? Ein Schlückchen Likör? Bring uns doch die Flasche her! Die Gläser auch! Sitz doch bequem! Gott, es sind Generationsprobleme, und ich bin froh, mich davon zu lösen. Du bist jung; Sex ist ein ganz anderes Thema als zu meinen Zeiten. Oder, unsere Verhaltensweisen im Gymnasium. Ist dir warm genug? Ich kann die Heizung wärmerstellen.
Man meint ältergeworden, Fehler gutzumachen, verpaßte Gelegenheiten nachträglich zu genießen. Gott, war ich genant beim Flaschendrehen. Wörter wie ..., du weißt, was ich meine, und lachst so verzeihend, auch weil mir die Röte ins Gesicht steigt. Toll jedenfalls, daß ihr mit dem Sex, dem Geschlechtsverkehr und so weiter, locker umgeht. Das macht mir Mut, zu sein, wie ich früher nie sein konnte. Dein Glas ist leer. Drehst du auch das Licht ein wenig dämmriger?! Magst du Konfekt? Kurz gesagt, es enthemmt, Ihr enthemmt jemanden wie mich. Ich hab auch Haschisch da, wenn du willst. Brauchst du nicht? Wie schön! Manchmal ist mir, nein, bin ich mir sicher, erst jetzt in der Lage zu sein, zu genießen und zu erfüllen. Alles geben, alles nehmen. Das Leben ansonsten erträgt sich. Nun ja, Fernsehen ist gerad' Freitag- und Sonnabendnacht so eintönig, nicht. Wieder lachst du reizend, aber verlegen. Gerad' das gefällt mir an dir. Ist der Likör alle? Trink Wein! Wenn's dir zu heiß wird, zieh' was aus! Mir ist so wohl in deiner Gegenwart, mir ist danach, einen jungen Körper zu streicheln, zu verwöhnen und seine pubertäre Ungeschicklichkeit auszugleichen. Laß mich dich berühren!«
Ihre faltige, zittrige Hand greift nach seinem Oberschenkel. Bei der mobilen Altersversorgung arbeiten auch Zivildienstleistende.

Trommelfell oder Neben dünner Haut

Aus Schloten strömt befreit hellgelber Qualm. Arbeiter und Arbeiterinnen, Angestellte ... alle gehen nach Hause. Kinder werden abgeholt. Auf langen Bänken liegen sie beim Windeln, oder ihre gestikulierenden Ärmchen werden in Jäckchen gestopft.
Ina ist 9 Monate, Ines 19 Jahre. Müde von der Schicht und müde vom Anstehen in der Kaufhalle. Die Quarzuhr zeigt noch Sommerzeit, also rechnet sie. Im Herbst rechnet sie immer, weil keiner ihr die Uhr stellt.
Im Bus und in der Straßenbahn gibt es ein flüchtiges Lächeln. Dank für den hereingehobenen Kinderwagen. Manchmal auch Lächeln, dem sie ausweicht. Denn Träume trifft man nicht in öffentlichen Nahverkehrsmitteln, Begierde oft.
Ines, 19 Jahre, langes Haar und lange Beine - wenig Zeit für lange Träume. Aber es geht alles so seinen Gang, geht so vor sich hin. Wenig Zeit und Ina schreit.
Schreit rosarot eingewickelt, während Passanten in den Kinderwagen blicken. Ines sieht das beim Einpacken durch die beklebte Schaufensterscheibe. In Gedanken gibt sie wieder mal vehement jedem Recht, der sich aufregt. Über alles.
Ina schreit weiter. Die einst verchromten Federn gleichen die Mühe der Räder aus, übers holprige Pflaster zu kommen.
Zu Hause. Vier Treppen mit dem Kind, vier Treppen mit den Netzen. Den Fernseher an, als der Sandmann kommt. Das Vorhängeschloß am Kinderwagen zu schließen, vergaß sie ..., aber es sind ja noch Kohlen zu holen.
Dann schläft die Kleine, und Ines sieht sich nach dem Wäschewaschen einen Spätfilm an.
Irgendwas ist anders geworden. Ganz laut unten hört sie die Freunde, oder sie hört sie ganz weit weg. Nachrichten verwirren zwar, aber Burt Reynolds ist einfacher als Analyse. Morgen wird nochmal der Wecker klingeln ...
So freut sich Ines aufs Wochenende, gönnt sich einen kleinen Traum, faßt sich selbst ein bißchen zärtlich an.
Ina schnarcht, hört sie noch, und schläft in den 9. November 1989 hinein.
Und nun?

Darum

Werte Kollegen der Konfliktkommission!
Da mich ein Wadenbeinbruch ans Bett fesselt und ich ohnehin besser schreiben als reden kann, schicke ich Ihnen hiermit die Begründung meines Verhaltens.
Mir wird zur Last gelegt, unbefugterweise das Fährschiff »Emma« statt vom linken zum rechten Spreeufer bis zum Dämeritzsee und zurück gefahren zu haben. Das ist als Fakt zutreffend.
Der 15. Juni, müssen Sie wissen, war ein ungewöhnlich warmer Tag, schon gegen 11 Uhr zeigte das Bordthermometer 23 Grad Celsius. Ich lag am linken Ufer und sah zum rechten herüber, wo schon die Mittelschicht vom Kieswerk wartete. Da begann ich mich zu ärgern; in den zweieinhalb Minuten, welche die Emma brauchte, dorthin zu gelangen, steigerte sich mein Ärger noch. Zurück benötigte Emma über drei Minuten, weil der Bogen gegen den Strom führt.
Die Mittelschicht stand also da und wartete. Vom Sehen her kenne ich alle, nur spricht beinahe niemand von ihnen mit mir. Zumal, seit ich keine Billetts mehr verkaufe, sondern mittschiffs dieser Blechkasten steht wie in einer Straßenbahn.
So steigen die Leute auch ein. Wie in eine Straßenbahn. Sie ziehen ihre Fahrkarten und setzen sich meist nicht mal hin. Die jungen Männer reden über Mädchen, die alten über den letzten Film oder lesen die Berliner.
Ich bin nun schon fünfundzwanzig Jahre Fährschiffer. Eigentlich wollte ich ja Kapitän auf hoher See werden, aber schon bei der Volksmarine machte mir die Seekrankheit ab Windstärke drei so zu schaffen, daß ich diesen Plan aufgab. Deshalb also Fährschiffer. Gefiel mir auch immer, der Beruf, aber die Leute an diesem Tag ...
Emma soll nur noch diese Saison fahren, nächstes Jahr wird die Fußgängerbrücke fertig. Das ging mir durch den Kopf, während die Männer einstiegen, und plötzlich kam mir auch der Gedanke mit dem Wegfahren.
Ich weiß nicht, ob sie mich verstehen. Emma ist nun mal ein Schiff, keine Straßenbahn! Schiffe sind doch was romantisches, oder?

Nichts gegen Straßenbahnen oder Busse, ich bewundere meine Kollegen von der BVB, aber ein Schiff ist eben doch was anderes. Nur sieht das bei einer Fähre keiner mehr. Auf der »Wilhelm Pieck«, bei Bier und Broiler als Betriebsausflug, da ja! Ich legte also ab, fuhr bis zur Strommitte und drehte bei - schon da hätten es die ersten merken müssen. Nein, sie gucken ja nicht mal aus dem Fenster, schwatzen oder lesen Lokalnachrichten. Das Nebelhorn riß sie hoch. Mich trafen entgeisterte Blicke. Wir fuhren bei »Zenner« vorbei und ich hielt eine Rede. Wohl die längste in meinem Leben. Zunächst über Emmas Geschichte: wieviel sie wiegt, wie alt sie ist und so weiter. Dann über die Spree und Berlin, zum Schluß über mich. Vielleicht war ich ein bißchen wehleidig. Ich soll nämlich nächstes Jahr als Verwalter in die Materialwirtschaft, aber die Aussicht begeistert mich nicht. Jedenfalls haben alle etwas anders geguckt am Ende meiner Rede gegenüber vom Kabelwerk. Mit Ehrfurcht sozusagen. Verständnisvoll. Immer bloß von links nach rechts, von rechts nach links, einmal zweieinhalb Minuten, einmal etwas über drei, würde Ihnen das Spaß machen?
Die Kieswerker haben mir beigepflichtet, anfangs übereifrig; sie dachten wohl, ich sei verrückt geworden, kurze Zeit später war es dann wie eine Partyfahrt oder Herrentag, richtig idyllisch. Wir zeigten uns gegenseitig Berlin, das jedenfalls, was man von der Spree davon sieht. Als die ersten ihre Stullen auspackten, be- kam ich doch Gewissensbisse. Ihres Arbeitsausfalls wegen. Doch als ich umkehren wollte, sagte Erwin, er ist Meister, sie hätten beschlossen, am Sonnabend eine Extraschicht zu machen, ich solle ruhig weiterfahren.
Mittag gegessen haben wir im »Schwalbenberg«. Dort hat seit Jahren kein größeres Schiff mehr angelegt, Emma war die Sensation. Auf dem Rückweg kamen gleich ein paar Urlauber mit. Meist Urlauberinnen und kaum über fünfundzwanzig. Naja, die Jungs vom Kieswerk, wissen Sie ... Sogar Girlanden hatten sie besorgt und ein paar Lampions, Restbestände der letzten Silvesterparty, erklärte mir der Wirt. So schön war Emma noch nie vorher!
Kollegen von mir, denen wir begegnet sind, haben das bestätigt. Die Rückfahrt war mittschiffs mehr eine Fete für die Jugend.

Die Alten saßen im Heck und spielten Karten, wie sonst wohl während der Arbeitszeit. Ein paar habe ich unterwegs abgesetzt. Mit den übrigen bin ich zurück zum »Zenner«. Glauben sie mir, die Leute im Gartencafé haben bei Emmas Anblick applaudiert! Auf dem Weg zum Liegeplatz, das sei betont, hatte ich kein schlechtes Gewissen. Das kam mir auch nicht, als ich vom diensthabenden Leiter suspendiert wurde. Emma hab ich gelassen wie sie war, am nächsten Tag fotografiert und dann erst abgeschmückt.
Von da ab Materialwirtschaft, wo mir gestern die Kiste aufs Bein, genauer, aufs Wadenbein, fiel. Am besten ist es wohl, ich kündige. Ach so, ein junger Kieswerker will eine der Urlauberinnen heiraten, möglichst auf der Emma. Ob sich da was machen läßt?
Ja, nehmen Sie dies als mein Kündigungsschreiben. Ich weiß auch schon, was ich werde, nämlich Busfahrer. Und wenn's mich da mal packt: ab nach Karl-Marx-Stadt oder Prag!

Nach- und Vorsicht

Ich vergaß, daß »Goldbrand« wieder 38 % hat. Mein Kumpel Peter muß noch mitten in der Nacht losgefahren sein, gut und gerne 2,6 Promille »blauen Würger« im Blut.
Die Kindergartenkinder sangen draußen unverdrossen das Lied vom gutmeinenden Volkspolizisten, der uns über den Damm bringt.
Als ich das Fenster schloß, klingelten Timur und sein Trupp. Sie gaben sich immerhin Mühe, wie ein Kollektiv sozialistischer Arbeit auszusehen.
»Lumpen, Flaschen, Altpapier?!«
»Flaschen!« antwortete ich, den bereitgestellten Nylonbeutel übergebend. Die ernsten Kinderaugen unter den blauen Käppis sahen mich skeptisch an, und Timur meinte unzufrieden: »Schnapsflaschen bringen bloß 15 Pfennig!«
Ein anderer Dreikäsehoch erkundigte sich beiläufig, ins Innere meiner Wohnung lauschend: »Läuft da etwa Rias?«
Höchstens RS 2. Aber nun würde ich die Bierflaschen zu je 30 Pfennig selber wegbringen. Strafe muß sein. Und Aufklärung: »Hört genauer hin, Naseweise. Das ist Stimme der DDR, laut Quote 60 Prozent Ost und 40 West!«
Der kleine Gruppen- oder Freundschaftsvorsitzende strich sein glattes Tuch unter dem Knoten noch glatter: »I can't get no satisfaction?« Er holte empört auch für die anderen Luft: »So kurz vor'm Plenum?«
Die taube Frau Eichler rettete die Situation, indem sie ineinandergestapelte Eierbehälter herausbrachte, auch zwei geschnürte ND-Stapel. Hier und dort sah die Ecke eines »Magazins« heraus. Ein Schatz!
Etwas, was entfernt an Kinderlachen erinnerte, ließ die herunterhängende Tapetenecke des Flurs vibrieren. Somit war der Spuk vorbei. Dieser. Ich sog einen Schluck saurer Milch aus der Tüte. Zwei lustlose Arbeiter bohrten derweil Löcher in die Jugendstilfassade, um eine fälschlicherweise verliehene »Goldene Hausnummer« bewundernswert schief anzubringen. Dübel für Dübel, ohne Arg.
»Irgendwann kann ich zur GST!« hatte einer der Knirpse tri-

umphierend zum Abschied gesagt, vielleicht schon eine Kalaschnikow im Arm vor Augen. Manöver Schneeflocke. Früher Schnitzeljagd. Gute Indianer, böse Cowboys. Böses, böses Westsandmännchen! Oder die Augsburger Puppenkiste. Böse, böse.
Gojko Mitic spielt gerade »Sitting Bull«. Er ist wohl bald ebenso alt. »Kinder«, sagt ein Professor Dr. Dathe, als ich das Radio sicherheitshalber umschalte, »mögen das.«
Der Fanfarenzug übt. Und die Fahnenschwenker. Die Fackelträger halten jene polierten Hölzer in ihren kleinen Händen, mit denen ich vor Jahren zu rhythmischer Sportgymnastik erzogen werden sollte.
Etwas später klingelt das Telefon. Als ich abhebe, meldet sich niemand. Seltsame Geräusche draußen lassen mich aus dem Fenster gucken. Vermutlich um Benzin zu sparen, imitieren schlurfende Soldatenhaufen aus der nahen Kaserne Panzer, LKW's und Geschütze.
Eine neue Kolonne rollt tatsächlich und gewichtig dröhnend heran. Kehrmaschinen. Auch sie üben nur. Ich winke dem Fahrer zu, der um die Ecke wohnt. Was kann er dafür? Vielleicht befürchtet ein blitzgescheiter, eifriger, energischer junger Mann Gedanken wie: Kehrmaschinen einer Demonstration? Denen gewinkt wird? Was meint das?
Er hält und guckt mich halb irritiert, halb erleichtert an. »Sie?«
»Ich hätte da 'ne Zylinderkopfdichtung 353/2 ...«
»Wirklich?« Tränen laufen die Schnauzbartenden herab, glückliche Tränen des Verstehens.
Wir finden uns doch allemal.
Bestimmt auch, wenn's mal anders kommt.

Gründungsfieber

Mich trafen strafende Blicke, hauptsächlich von der Stirnseite mehrerer zusammengeschobener Tische. Zugegeben, der lange Zeiger hing nicht lotrecht an der Küchenuhr an der Klubraumwand. Ich murmelte eine halblaute Entschuldigung und plazierte mich neben einem geöffneten Fenster auf dem Sims. Vielleicht können wir warten, sagte ein durchtrainierter Mittvierziger mit energischer Stimme, energischer Nase und energischer Stirn, falls noch jemand zu spät kommt. Wer ist dafür? Er saß zwischen einem halbglatzigen, ständig augenzwinkernden Mann und einer Rentnerin, der man ansah, daß sie ihre Enkel zu Ordnung erzieht. Sie hob den Arm. Alle Rentner hoben den Arm, und ich war erstaunt.
Tatsächlich fast nur alte Leute. Abgesehen von einer grünhaarigen Punkerin, deren alternativ ausgerichtete Freundin ohne Make up ein Kind säugte.
Einstimmig, sagte Altmann, wie er sich vorstellte. Fünf Minuten wären mein Vorschlag. Wer ist dafür? Automatisch riß auch ich den Arm nach oben. Die Körperhaltung der Anwesenden entspannte sich. Ein Versicherungsvertreter in braunem Trainingsanzug mit rot-gelben Streifen fragte Altmann, ob er mal austreten dürfe. Altmann gewährte dies jovial.
Der Trainingsanzug huschte hinaus, wobei er den »Beste HGL 1987«-Wimpel von der Wand riß. Eine alte Frau hängte ihn liebevoll wieder auf. Danke, Oma Grießbach, betonte Altmann. Ein paar Leute klatschten.
Ein paar Leute kannten sich, wie man sich halt als Nachbarn kennt. Es waren recht viele, und ich fragte mich, ob hier wirklich eine Komiteegründung stattfinden sollte. Soll sie, beruhigte mich auf die ausgesprochene Frage Frau Brösel, die stämmige Rentnerin, Altmanns linke Hand. Der augenzwinkernde Mann zwinkerte bestätigend mit den Augen. Der Trainingsanzug kehrte back, damit sich Altmann erheben konnte. Wir sind, sprach er, hier zusammengekommen ... Dann sprach er fünfzehn Minuten über Mieten, Renten und Arbeitslosigkeit. Wir applaudierten.
Ich, hub nun Frau Brösel an, möchte über Mieten, Renten und

Arbeitslosigkeit reden. Sie tat dies eine Viertelstunde lang. Applaus. Zwischen dem Trainingsanzug und dem nervösen Augenleiden gab es ein kurzes Gerangel. Altmann schlichtete: erst die Nürnberger, dann der stellungslos gewordene Jurist. Sie sprachen hintereinander über Arbeitslosigkeit, Mieten und Renten, etwa eine halbe Stunde. Oma Grießbachs anschließender Beitrag war etwas unverständlich, weil die Gute vergessen hatte, ihr Gebiß anzulegen. Ich nehme an, es ging um Renten und Mieten und Arbeitslosigkeit.

Meine Konzentration war gebrochen, weil aus dem Hof drei Rollstuhlfahrer hochbrüllten, ob dort droben die Komiteegründung stattfände. Findet sie, brüllte ich zurück und berichtete mit einer Wortmeldung Herrn Altmann von dieser Konstellation. Sagen Sie ihnen, worum es gerade jeweils geht, bestimmte er energisch. Es geht, schrie ich in den hallenden Hof, um Mieten, Renten, Arbeitslosigkeit und – einer Eingebung folgend – um Behinderte. Der augenzwinkernde Mann warf mir einen bösen Blick zu. Aber Frau Brösel sprach schon von der Goldenen Hausnummer. Sie ist uns, schluchzte sie, genommen worden. Das wurde kopfnickend notiert. Ich hatte keinen Block mit.

Der braunbetuchte Versicherungsvertreter schlug vor, die Müllcontainer einen Aufzug weiter zu deponieren, da die berstenden Flaschen jegliche Ruhe störten. Wieder nickten Köpfe, wieder wurde notiert. Glücklicherweise half mir eine Anfrage aus dem Hof, die peinliche Situation zu überwinden. Es geht, rief ich, Leute, um Müllcontainer ... und um Behinderte, setzte ich hinzu.

Wir schreiten nun, tönte Altmann, zur Komiteebildung der Seydelstraße 34. Mich schlage ich als Vorsitzenden vor, Frau Brösel als dessen Stellvertreterin, und Oma Grießbach will gerne Pressesprecherin sein. Wer ist dafür?

Lediglich Oma Grießbach enthielt sich eines Nickerchens wegen der Stimme. Die Rollstuhlfahrer hatte ein einsetzender Schauer vertrieben.

Ich holte tief Luft und sagte laut, daß ich nicht in der Seydelstraße 34 wohne.

Die Anwesenden im Raum erstarrten so schlagartig, daß Oma

Grießbach erwachte. Wer ist das, fragte sie mümmelnd. Ein Fremder, antwortete mit unverhohlenem Widerwillen Frau Brösel. Vielleicht ein Spion von Aufgang B, mutmaßte der Augenzwinkernde, und die Streifen des Trainingsanzuges strafften sich zum Sprung auf mich. Durchsucht ihn, befahl Altmann.

Ich ließ mich rückwärts aus dem Fenster fallen und entkam mit ein paar Prellungen in die Seydelstraße 35. Hier wohne ich nämlich, und hier gründe ich morgen mein eigenes Komitee.

So oder so

Ein Abgrund tut sich auf. Ein kleiner Abgrund, mehr ein Brunnen. Und unten...
Sieh nur: die Wiese ist da. Grasgrünes Gras. Zwei, drei Hügel, Kühe, Lämmer. Landschaft wie sacht erinnerte Träume. Wie hingehaucht, hingepustet. Als atme sie gerade ein Riese aus.
Oder eine kleine Stadt, groß genug nur für dich und mich und alle, die wir lieben oder mögen. Sonne drüber. Die Häuser mit gelbgrauen Wänden und lustigen schiefen Fensterchen.
Glaube mir: Irgendwann kann ich alles, was gut und schön ist, zusammenrollen, als wär's Tapete. Ältere Tapete. Mauersteine werden applaudieren. Eltern auch. Der Rest von Freunden.
Warme Brötchen soll's da geben, frische Milch. Staub und Regen. Stille Ecken mit altem Gerät. Rostige Eggen. Kleine, bellende Hunde. Fragende Blicke:»Wer sind die?« von ganz, ganz alten Frauen. Meinetwegen auch Nacktschnecken, Würmer, Käfer und Motten. Ein Boot, Ebbe und Flut. Sonne fast wie Mond. Dich und mich.
Du für mich und ich für dich.

Oktoberfeststimmung

Die Atmosphäre ist halt so, wo zünftig gefeiert wird: Tabakschwaden stehen im Raum und werden nur von der ständig klappernden Klotür ein wenig in Bewegung gehalten. Bierrinnsale laufen über die langen Tische, tropfen über die derben Bänke, an Hosenbeinen herunter, um sich in gelblichen Lachen zu sammeln. Es riecht nach durchschwitzten Oberhemden und T-Shirts, manch hübsches Mädchen mit viel Dekolleté kreischt laut bei grobem Scherz.
Zwei Wirte, denen man ihre Zunft ansieht, versorgen die Kellnerinnen Trommel für Trommel mit frischem Gerstensaft. Schnäpse sind auch dabei, ab und zu ein blasses Wasser ohne Kohlensäure.
»Ausgelassen« sagt man zu solcher Stimmung. »Rausgelassen« trifft ebenfalls zu, denn es wird gesungen, besser gegrölt. Die Füße stampfen den Takt, daß der Boden erzittert.
Der findige Diskjockey dreht den Ton für besonders gängige Textpassagen zur Freude des lautstark einsetzenden Publikums ab. Wo Biergläser beim Prosten zerschellen, brandet begeistertes Lachen auf.
Ich stehe in der Tür, lasse meine Augen sich an das Dämmerlicht gewöhnen und bin guter Dinge – bis zum Tresen. Der Wirt sieht mich mürrisch an, ist aber schon nach zehn Minuten wieder bei mir. So hochdeutsch wie möglich wiederhole ich meine Bestellung. Jetzt grüßt der Wirt mich höhnisch, und die Schlange johlt vor Begeisterung. Das schmeichelt dem Herrn des Tresens. Scheinbar bemüht schiebt er sein rechtes Ohr sowie den dazugehörigen schweißnassen Teil seiner Glatze vor meinen Mund. Wenn er's so will?! Ich brülle meinen Wunsch nach einem großen Bier jetzt in unverfälschtem Dialekt.
Der große, aber nutzlose Ventilator, scheint sich verschluckt zu haben, die Musik kurz zu schweigen. Viele kleine, rotgeränderte Augen vereinigen sich zu einem bösen Blick. Lange strähnige Haare werden zurückgeworfen. Der Zapfer kennt seinen Part genau und mißachtet die aufgebrachte Menge geflissentlich. Ein besser gebauter Bruder Schwarzeneggers fordert mich auf, den Refrain mitzusingen. Ich will nicht. Also

schlägt er den Takt mit mir. So wird man Teil eines regionalen Ganzen.
Wenig später tropft mein Nasenblut aufs nackte Knie und mir die Erkenntnis ins Hirn, ich hätte als Bayer weiß Gott nicht im Nationallook zur Ostrockfete in den Prenzlauer Berg gehen sollen.
Ein Pärchen läuft vorbei. Sie fragt kaum mitfühlend ihn, der mir bekannt vorkommt, wer ich wohl sei. Der kennt, brummt er, »Alt wie ein Baum« nicht.
Die Antwort genügt ihr.

Sommerregen

Parteisekretär Blaschke erschlägt eine Mücke auf dem Tisch, fährt sich mit der Hand durch die kräftigen grauen Haare und sieht mißmutig zum See herunter. Noch nicht einmal in diesem Jahr hatte er die Zeit, angeln zu können. Was nutzt dann eine Datsche am Müggelsee?
Der flache Plastetisch liegt voller dienstlicher Papiere, vertrauliche wie geheime Verschlußsachen sind dabei. Blaschke verfehlt die Flasche neben dem Stuhl. Gelblich fließt das Bier an einer Fuge der Terrasse entlang. Die nächste Mücke ist gelandet, Blaschke erschlägt sie und hört seine Frau mit deren Mutter in Hannover plaudernd telefonieren. So hatte er sich die Vereinigung Deutschlands nicht vorgestellt.
Er seufzt.
Natürlich war auch ihm nach dem Zusammenbruch der Bundesrepublik und der Währungsunion klar geworden, daß nur eine schnellstmögliche Angleichung der Planwirtschaft gleiche Bedingungen in Ost und West schaffen würde.
Blaschke seufzt abermals.
Innerlich erfüllt es ihn zwar mit Stolz, von der Partei gerade in die Volkswagenwerke delegiert worden zu sein. Andererseits, als Parteisekretär sechzehn Stunden arbeiten ...?
Er gibt sich einen Ruck, hebt die Bierflasche auf und ein Papier vor seine Augen. Darin geht es um die Infrastruktur Wolfsburgs. Völlig zu Recht bemängelt der Verfasser fehlende Ladenstraßen in der Nähe des Werks. Blaschke macht sich eine Notiz. Selbstverständlich kann man es den Werktätigen nicht zumuten, während der Arbeitszeit bis ins Stadtinnere zu fahren und wieder zurück! Unzureichend sind ebenso die gastronomischen Einrichtungen im Umfeld. Sollen denn Geburtstage von Kollegen, Kindstaufen und der Internationale Frauentag in der tristen Kantine gefeiert werden? Blaschke ist in Eifer gekommen, seine starke Hand fliegt mit dem Kugelschreiber übers Papier.
Wo sind die Raucherecken? Wo der wöchentliche Skatabend am frühen Donnerstag? Was wäre Betriebsklima ohne ausgiebiges Frühstück?

Der energische Mann am schönen See arbeitet und schwitzt. Transparente entwirft er, Arbeiterfestspiele über mehrere Wochen in der dafür stillgelegten Haupthalle. Bildungskurse müssen eingerichtet werden: »Wie färbe ich meine Bluse mit Kreppapier?« Blaschke stöhnt, doch sein Fanatismus reißt ihn weiter; Betriebssportfeste, eine festes Theater, Kinderchöre, Fackelzüge und jeden Tag ein Feuerwerk! Er bemerkt die Tropfen zu spät, sie fallen immer heftiger, verwandeln alle Dokumente in weißlichen Brei mit einem zerfließenden Rand aus Stempeltinte.
Parteisekretär Blaschke wirft sich verzweifelt, ängstlich und bemüht nach vorn ...
Der Geschäftsführer Blaschke erwacht und lacht. Er lacht über seinen Alptraum so ordinär, wie über derlei Träume nur ehemalige Funktionäre lachen können.

Die Konsequenz des Nostalgikers

Wenn es eine höchste Instanz gibt, wird sie Suizid als das werten, was es ist: Mord. In diesem Falle aus niederen Motiven: Ihm fiele die Decke auf den Kopf, das Wetter im Westen und überhaupt wäre früher alles besser gewesen – bei uns.
Er sah zu, wie sich die Black & Decker in den Boden schnurrte, die Multimax plus Schlagbohrvorsatz vergessend. Den Spreizdübel nahm er ebenso selbstverständlich hin und drückte ihn mit dem Daumen fest. Im Fernsehen lief irgendeine Talkshow.
Der Mann stieg mißmutig von der nichtrostenden Leiter. Aus Versehen drückte er den falschen Knopf, und dreiundzwanzig Programme rasten über den Bildschirm. Zwei haben auch gereicht, brubbelte er, die Leiter wieder ersteigend, mit Haken und vorbereitetem Strick in der Hand. Die Satellitenschüssel für seine Ex-Frau, die Stereo- für die eine, die Videoanlage für die andere Tochter, der Golf dem Sohn. Als Sahnehäubchen lag ein Nußkasten auf dem Rücksitz: Werkzeugmaschinenbau Made in GDR, im Intershop gekauft.
Nun war alles klar. Die Leiter kippte zur Seite, und rasender Schmerz durchfuhr den Mann, da er sich beim Aufkommen beide Knöchel verstauchte. Scheiß Osten, dachte er seit langer, langer Zeit wieder einmal. Dann zerschmetterte ihm das herausgerissene Stück Deckenbeton seiner Dresdner Neubauwohnung den Kopf. Beim Jüngsten Gericht wird's als Unfall durchgehen.

Bitte, schlaf jetzt
(für Raoul)

Ja, der Sandmann schläft jetzt auch. Mama wäscht ab. Soll ich dir ein Lied vorsingen?
Die Lampe brennt nicht, sie leuchtet. Kohlen brennen. Ja, die aus dem Keller.
Papa ist nicht müde, weil er älter ist als du. Morgen bringt dich Mutti in den Kindergarten. Tante Elsbeth dort ist nicht doof, nur streng.
In den Tierpark? Schön, zum Wochenende. Doch, doch, ich mag Elefanten auch. Auch Affen, die sind ulkig.
Der Mond ist weit weg. Manchmal fliegen schon Menschen rauf, mit Raketen. Richtig, beim Start machen sie: womm!
Nein, der Fernseher spielt jetzt bloß noch für Erwachsene. Stimmt, eckig ist er. Viereckig – das Quadrat vorn. Na, mehr rechteckig. Wirst du alles noch lernen.
Menschen haben Haare, Tiere haben Fell, Autos haben Räder, damit sie fahren können – die Autos, meine ich.
Richtig, Schatz: nachts wird es dunkel, tags hell. Zwischendurch dämmert's, wie jetzt. Aber schon sehr, nicht? Sieht man ja auch durchs Fenster.
Die sind aus Glas, ja. Sessel aus Holz und Stoff oder Leder. Läßt sich Kinderschokolade besser abwischen. Wie von deiner Gusche.
Bummi schläft schon in seinem Spielzeugland, mit ... also bei Schnatterinchen und Pittiplatsch.
Sonntag ist erst übermorgen. Nein, heute gehen Mutti und ich nicht weg. Ganz bestimmt nicht. Also schlaf gut und träum was Schönes.
Natürlich: Züge fahren auf Gleisen, Flugzeuge fliegen durch die Luft, weil sie Motoren und Propeller haben. Oder Düsen. Nein, die kann ich dir jetzt nicht erklären. In zwei Jahren kommst du ja zur Schule, mit Zuckertüte, damit du nicht heulst. Ist sowieso halb so schlimm: ein mal eins, zwei plus zwei ...
Ein bißchen zählen kannst du ja schon. Zähl nachher bis zehn, bis hundert, bis tausend ...
Oder guck dir mal beim Mondschein die Bilder an den Wänden

an. Ja, rundherum haben sie Rahmen. Wie da oben der Teutoburger Wald im Jahre neun.
»Perspektive« heißt fünfundvierzig Grad. Stevenson? Der baute Lokomotiven, glaube ich. Und Dieselmotore. Dieselmotore. Marx und Engels? Die lassen sich nicht so rasch erklären.
Ja, ein Würfel hat quasi acht Ecken, ein Kreis gar keine – oder unendlich viele. Der Faktor pi ist drei Komma vierzehn. Natürlich gibt es auch Sinuskurven.
Aber jetzt schlaf. Bitte. Alles übrige fragst du mich morgen.
Und ich wünschte, nach den Spätnachrichten könnte mir jemand die Welt erklären.

Wohl und Wehe

Das Geländer des Stegs über das Moor ist brüchig, an einer Stelle fehlt es sogar. Obwohl am Wochenende viele hier entlangkommen, fühlt sich niemand verantwortlich dafür. Die Wasseroberfläche schillert in sanftem Braunton.
Weißt du, warum du dich hinsetzt, den rechten Schuh, den rechten Strumpf ausziehst und den Fuß ins Wasser hältst? Vielleicht, weil es noch warm ist, angenehm warm. Du sitzt also nur da und streckst jetzt beide Füße ins Wasser. Vor Nässe verfärben sich die Hosenbeine. Warum hast du sie nicht hochgekrempelt? Käme jetzt jemand vorbei, er würde sich wundern oder wegschauen. Hier will man allein sein.
Deine Fußsohlen berühren das Moor. Ein kleiner Schreck durchzuckt dich, aber du tauchst deine Füße tiefer in den weichen, sanften Schlamm. Vielleicht denkst du dabei an Ostseekindheit. Die Hosenbeine sind jetzt bis über beide Knie verfärbt, aber das ist dir egal. Weil du Wärme spürst, hauptsächlich in Erinnerung an die Zeit nach der Scheidung, die Zeit vor der Armee. Wie aus Versehen rutschst du ab, stehst einen Moment, sinkst langsam und ziehst dich an den Stegbohlen wieder ein Stück höher. Lachst darüber, weil dir Edgar Wallace einfällt: Wie einfach dies geht. Auch noch, als die dich behaglich umschließende Masse nach deinen Hüften greift.
Nur kurz berührt dich die Peinlichkeit der Situation. Du fühlst Geborgenheit. Der Wind hat gedreht, den Geruch der Rieselfelder mit sich nehmend, die Sonne lacht durch ein riesiges Wolkenloch. Als ein Herausziehen kaum mehr möglich ist, bist du froh, die Hände endlich herunternehmen zu können, legst gerade noch den Ausweis auf den über dir verschwindenden Steg. Vogelgezwitscher statt Flugzeuggetöse. Du gleitest weiter, Wasser läuft dir in die Nase, bedeckt das ganze Gesicht – letztlich bilden Haarspitzen winzige Strudel. Obwohl noch für einen Blick zum Himmel Luft in den Lungen wäre, schließt du die Augen.

Anleitung

Vor allem: Ruhe bewahren.
Ein Flugzeug sinkt nicht, keine Fähre stürzt ab, nur weil Motoren lichterloh und funkensprühend brennen oder unser Swimmingpool kocht.
Daraufhin: einfach tief atmen und allenfalls zwei mutige Blicke zum Bettler vor der Tür.
Er vibriert kaum. Die Richterskala ist zwar nach oben offen, gilt aber mehr für Hochhäuser oder Atomkraftwerke in mittelbarer Nähe.
Also guten Mutes.
Dies geschieht, jenes. Dies und das. Verfilmt, vertont, auch besungen im Kanon. Gewaltige Chöre voller Tränen pro Weltmeisterschaft, Mondlandung und anderer kleine Schritte.
Folglich: wir leben.
Das Drehmoment jeder Umdrehung. ABS. Seitenaufprallschutz. Neben Sonstigem: Mietermitbestimmung. Aufzüge statt Paternoster.
Klaus küßt Peter überall und überallhin. Frohsinn für alle.
Trotzdem: Ruhe bewahren.
Sanfte Ruhe.

IN LETZTER MINUTE – kurz nach Tegel

Wie wird sie sein, die letzte Minute?
Sechzig Sekunden und den Rest des Lebens lang.
Was werd ich tun? Weinen?
Vielleicht denke ich an meine Eltern und schreie »Mama!«
Vielleicht schlucke ich nur und versuche nochmal zu lächeln, weil mein Banknachbar so verzweifelt ist.
Das Flugzeug brennt, und ich sehe einem wildfremden Menschen bis in die Seele. Braune Augen hat er.
Oder lache ich sogar, weil der Unterdruck meine letzte Zigarette verlöschen läßt? Und die Henkersmahlzeit – ein Hamburger – fliegt durchs Fenster?
Solche Ironie läge mir nicht. Eher schlechtes Gewissen, Schuldbewußtsein. Zwei versaute Ehen, drei uneheliche Kinder. Das Gefühl, versagt zu haben.
Und ich schreie »Nein!« Langgezogen in den Lärm der überdrehten Turbinen, voller Eifersucht auf alle noch Lebenden.
Nein!
Mein Leben wird in kaskadischen Lichtblitzen vor meinem geistigen Auge ablaufen. Die schönste Station. Sechsunddreißig mal pro Sekunde. Sechzig Sekunden lang. Leb wohl und friedvoll, Welt!
Wer ohnehin ungern fliegt, sollte keine »LAST MINUTE«-Reise buchen.

Aller Fragen letzte Antwort

Es gibt, tatsächlich, mehr und mehr neugierige Knopfaugen von Robben in der Ostsee. Mehr Wale in den Meeren, mehren sich die Bäume oder Blumen kreuz- und querblütlerisch auf allen Kontinenten. Das Ozonloch ist im Schließen begriffen. Die Makaben atmen auf, ebenso die indischen Nasenaffen. Der Stör stört keinen mehr. In verwaisten Restaurants fehlen gespickte Hasenrücken, Karnickel rammeln ungestört ihrem Ruf nach.
Schlau grinsen Füchse durch verwilderte, verurwaldete Schonungen dem letzten Glied ihrer Nahrungskette entgegen. Wilder Wein umrahmt Wohnblöcke, bis diese erleichtert einstürzen.
Sonne scheint, Wind bläst, Regen rauscht.
Was ist ein »Jahr«? Frühling, Sommer, Herbst und Winter sind zurückgekehrt. Ohne Namen, weil sie keiner mehr benennt. Fremdlich einordnet in ein unnatürliches menschliches System. In die tödliche, humane Falle gelockt hat.
Der blaue, ach so blaue Planet lebt.
Könnte ihn jemand sehen und so bezeichnen.
Zum Glück kann das niemand mehr.
Die letzten Satelliten verglühten. Leer das All, der Raum frei.
Ursprung! Natur!
Es stirbt der Mensch, die Welt aber lebt weiter ...
Applaus. Erkenntnisreicher Applaus. Fundamentaler Applaus erschüttert die Wände und den schütteren Putz daran. Wie als Zeichen fällt er in Fladen herunter. Staubwolken entstehen.
Die ökologischen Fundamentalisten husten sich befreit ins Freie, besteigen ihre Trabis und kaufen beim Döner Kebap die nötige Flasche Rotwein für diese Nacht.
Frau Wagner, die kleine, grauhaarige Frau Wagner fegt. Seufzend wie schon dreißig Jahre den Saal des Kulturhauses nach jeder Veranstaltung.
Sie freut sich auf die Republikaner.
Jene nämlich spucken keine Kaugummis einfach aus und benutzen für Zigarettenkippen Aschenbecher.
Bei der PDS gar sind die verblichenen Polster der alten Stühle sauberer als vorher.

Ohne, daß Frau Wagner, obwohl sie es bezahlt bekommt, kommen müßte oder sollte.
Keine Frage, keine Antwort.
Kleinstadtmond.

Aus Prinzip

Der Radfahrer vollzog eine demonstrative Vollbremsung, so daß die Ökobeutel am Lenker seines alten Drahtesels wild schaukelten. Sein Pferdeschwanz wippte vor Erregung, dabei funkelte er mich durch seine Nickelbrille an: »Was stehst du da rum, Mensch? Das ist ein Bürgersteig, kein Parkplatz!«
Eben: ein Bürgersteig! Kein Radfahrweg! Oder doch?
So ändert sich die Welt; Autofahrer und Fußgänger haben – spätestens seit der Jahrhundertwende undenkbar – einen gemeinsamen Feind, den Radler. Zweifelsohne ist er der rücksichtsloseste Zeitgenosse unter allen Verkehrsteilnehmern. Im Verlaß auf die Rück-, Vor- und Nachsicht von Autofahrern rast er über die Straßen: kaum ist man selber ausgestiegen und zum Fußgänger degeneriert, zwingt er einen mit anklagenden Blick und wild klingelnd, sich an die nächste Hauswand zu pressen. Bei alledem umweht ihn noch der Hauch stolzen ökologischen Bewußtseins. Für ihn existieren keine Ampelfarben, Einbahnstraßen, Schutzwege, Fußgängerzonen oder Kinderspielplätze. Geschweige denn eigenes Vorder- und Rücklicht.
Die Polizei sieht weg, weil Bußgeld für Radfahrer nicht lohnt. Im Gegenteil: Helmpflicht wird erwogen und damit die Chance einer natürlichen Auslese weiter eingeschränkt. Man ist ihm ausgeliefert, zumal er sogar absteigt, sich als einen Kopf größer erweist und wütend wiederholt: »Das ist ein Bürgersteig, kein Parkplatz!«
Ich mustere ihn melancholisch und sage: »Ich weiß, tut mir leid...« Sein drohender Blick beweist, daß er zu keinem Verzeihen bereit ist, weshalb ich nach kurzem Stocken fortfahre: »Ich mußte bloß nur meine schwer gehbehinderte Mutter in ihre Wohnung tragen.«
Er schluckt, holt tief Luft, schwingt sich in den Sattel und will davonradeln, aber ich halte mit jähem Mut seinen Lenker fest. »Und wissen Sie, warum meine alte Mutter nicht mehr laufen kann?«
Mag sein, er ahnt was, schüttelt jedoch den Kopf, wobei seine Gesichtsfarbe zu ertapptem Rosa wechselt. Ich werde mutiger

und lauter: »Weil sie hier, genau hier, von einem Ihresgleichen rücksichtslos umgefahren worden ist!«
Sein Stöhnen klingt nach kollektivem Schuldbewußtsein. Er ringt nach Worten, bringt trotz vermutlicher Einsicht kein Wort hervor und schiebt mit seinem Rad als fast gebrochener Mensch ab. Hoffentlich nicht bloß bis zur nächsten Ecke. Es geht ums Prinzip.
Meiner Mutter geht's nämlich ausgezeichnet, sie wohnt ganz woanders, erfreut sich bester Gesundheit und fährt gelegentlich selber Rad.
Aber hier wohne ich und bin mit meinem alten Auto nur auf den Bürgersteig gefahren, um meine drei Kästen Bier nebst dem sonstigem Wochenendeinkauf möglichst nahe der Haustür auszuladen.

Zum Goldenen Hahn

Ich wäre nie geblieben, hätte mir Beate nicht diesen spannenden kurzen Blick zugeworfen.
Sie ist, nach wie vor, die Tochter des Wirts »Zum goldenen Hahn« in Fredersdorf. Der das Gewerbe dort schon lange betreibt, beleibt und mit gemütlichem Gemüt. Das braucht er, um Disco und Skatturnier beschwichtigend in seine Obhut zu nehmen. Immer genommen zu haben.
Selbst zeitens von ABV und LPG. Erwin heißt er, Erwin Rabusch. Und Beate seine Tochter.
Ich fuhr Bier aus in Kästen auf dem 7 1/2 Tonner mit der bedruckten Sonnenblende »Truck des Jahres 1992«.
So haben wir ihn bekommen. »Die goldene Gans« braucht Bier, »Der halbe Eber«, kurz; die ganze Gegend um Storkow. Gerade zum Wochenende.
Weil: die Datschenbesitzer sind da. Meist schon ab Donnerstag. Freitagabend riecht dieser Teil der Brandenburger Endmoräne nach Grillwürstchen und Kebabscheta, Kaßlerkotelett und Schweinekamm. Manch alter Volvo ächzt geschichtsbeladen durch die Schlaglöcher. Wer sich's leisten kann, fährt längst japanische Geländewagen.
Das ehemalige Stasiheim heißt »Zum Seeblick«. Insgeheim vielleicht auch »Wir sehen schon zu, wo wir bleiben!« Der Chef kommt persönlich, wenn ich liefere, um mitzuzählen.
Ansonsten blauer Himmel, kleine Wellen bei wenig Wind. Gelegentlich ein ausgezogener Krenz. Rehblicke am Waldrand.
EU-Bauern, also trockene Felder; rostige Traktoren. Und eben: Beates Blick! Schnell, blank und tief unter dem blonden Pony hindurch.
Vater Rabuschs Gäste werden ungeduldig: kein DJ, kein Skatverein aus Blossin.
Zwei ineinander verkeilte Busse. Ohne Tote wenigstens. Erfuhr ich später. Viel später. Nun aber in Fredersdorfs Mittelpunkt, dem »goldenen Hahn«: kein Tanz, kein Reizen.
Stattdessen, wie früher: jung und alt tauschen sich aus. Sagt Vater Rabusch plötzlich: »Lad alles ab!« Wirt, der er ist, ahnt er, was passiert.

Volk säuft sich zusammen. Polo mit Manta, Golf mit Saab (die Berliner!). Von Trabants gar nicht zu reden, sogar Ladas sind dabei. Hauptstädter nehmen Anteil am Debakel.
Beate findet eine Kassette von den Smokies, die sinkende Sonne ihren Weg hinter den größten Kastanienbaum des Landes.
Der Alkoholkonsum vertreibt eine mittlere Gruppe Radfahrerinnen und –fahrer, die bloß Limo wollten. Sie hätten besser nicht nach dem Naturschutzweg fragen sollen.

Etwas später.
Beate hat weniger zu tun, ihre Blicke häufen sich.
Wer reden kann, redet über Politik.
Ich weiß ja nicht mal, warum über die Kronkorken mancher Flaschen blaues Silberpapier gezogen wird. Sie lassen sich schlechter öffnen. Meine Aufgabe besteht darin, die Flaschen ans Ziel zu bringen. Unversehrt möglichst.
Dorfplatz und Straße sind eins.
Was mir weniger gefällt: Beate tanzt. Was mich tröstet: mit einem Tablett in der Hand.
Mond scheint. Es scheint hell der Mond. Die Pflastersteine erwarten Tau; sie glänzen schon jetzt.
Eine von vielen sagt: »Mein Vater war SED, PDS!« und sie habe ihn wiedergewählt, weil er schon die LPG geleitet hat!
Applaus. Tatsächlich Applaus. Von allen.
Die Tafeln werden aufgehoben. Gläser fallen zu Boden. Ich fahre, obwohl besoffen, meinen kleinen Truck aus der Gefahrenzone gestikulierender Menschen und setze ihn fast in den Dorfanger.
Applaus.
Mit Küssen verabschieden die Datschenbesitzer den Abend, werden begrüßen den Morgen mit Küssen.
Die Schlägerei ist kurz, taumelnd, aber besser gar keine. Drei Technotypen erwachen. »Da ist der Blockflötensohn!«
Sie meinen mich.
»Mein Vater hat schon die LPG als CDU-Vorsitzender geleitet«, sage ich.
Man sollte wohl Reizwörter vermeiden?
Beate nickt.
Ich kann das nicht. Nicht mehr.
Überall im Land ist's anders.

Nestbeschmutzung
(Fragment)

Ich gebe es zu. Hinter vorgehaltener Hand, im intimsten Kreis der geschlossenen Türen.
Schreiben tu ich.
Ich tu schreiben.
Deutsch und verständlich.
Was falsch ist, seit sich Gedichte nicht mehr reimen müssen. Oder sich Reime nicht reimen müssen. Wichtig ist der Inhalt!
Oder?
Oder das Emotionale.
Oder?
Alles Erdenkliche vielleicht. Oder ganz Undenkbares. Unaussprechliches jedenfalls nicht.
Weiß Gott: Mauern sind nämlich grau, Gefühle lau, der Himmel rot und Vater blau.
Wer im Moment nichts besseres zu tun hat, ohne ABM-Stelle ist oder vor der Rente steht, wird Lyriker. Liest sich also. Laut und vor Publikum.
Das ist nicht eben reichlich. Dennoch: Tränen fließen, Schweißperlen auch.
Der junge Lyriker tupft seine vorzeitige Halbglatze ab. Dann lobt er unzufrieden den Applaus aus vierundzwanzig hohlen Händen.
Weil die Nacht ein Vögelchen verfolgt. Das Sonnenlicht gelbliche Gerinnsel hat. Märkische Buchen suchen statt fluchen.
Er liest sich laut, liest sich in Wallung.
Ich habe meine Uhr vergessen. Aber da nach mehreren Ewigkeiten die Diskussion beginnt, scheint ein Ende tröstlich näher.
Noch näher ist ein wirrer junger Mann. Er trägt wirres Haar, blickt verwirrt und stolz um sich, verwirrt sich gleich im Satz ersten und wirft verwirrt seinen Stuhl um, als er anklagend fragt: Was ist Wirklichkeit?
Unter der Kuppel dieser epochalen Erkenntnissuche verkneife ich mir zu husten.
Dafür tut es der Dichter erzürnt und ausgiebig.

Wie gebannt starre ich auf die Armbanduhr eines schon vorher gebannten Nachbarn.
Drei Minuten lang und voller Gedankenstriche ist die bemühte Erklärung des Dichters, wonach eine ältere Frau ...
(...)

Da wie dort

Die Fenster glänzen für den Vormittag. Autos fahren schnurgerade schnurgerade Straßen entlang. Neben ihnen, in Fahrtrichtung, gelegentlich Radfahrer auf roten, ineinanderfassenden Pflastersteinen. Links und rechts weiße, warnende Linien. Hin oder wieder kommen Busse. Sie atmen Leute ein, speien welche aus, fahren weiter.
Für unser bißchen Liebe ist es egal, in Paris, Strasbourg oder nahe Amsterdam zu sein. Neubauten gibt es überall. Allerorten auch Frauen, Männer und Begierde. Fahrstühle dazu, Balkone.
Sie winkt. Vielleicht aus Gewohnheit; da ist vielleicht noch Rauch im Zimmer. Der sich bei offenem Fenster auflöst, verfliegt, gleich, über welcher Stadt.
Ein kleiner Mann schüttelt Trauer aus seinem grünen Kittel. Er ordnet Einkaufswagen in drei Reihen, stellt Körbe ineinander. Seine Gedanken hängen hinterm Mond.
Jalousien werden hochgezogen, Motoren gestartet, Kaffeetassen vollgeschenkt. Bei alledem und überall dieselbe Situation. Nein, nicht die selbe. Eine gleiche. So viel muß uns die deutsche Sprache wert sein. Selbst in nämlichsten Momenten vergänglichster Moral. Dies- und jenseits des Äquators.
Zum Glück: Momente sind immer neu!
So sehr sich dieselben auch gleichen mögen.

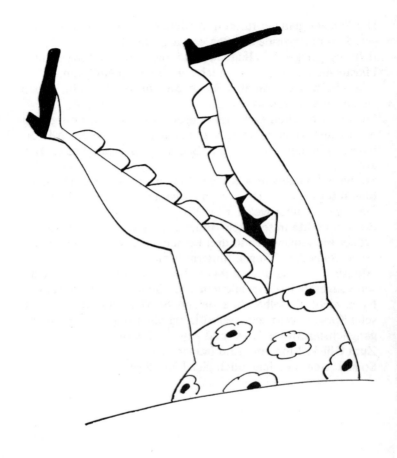

Monika

Die Wanduhr zerhackt quälend die Zeit des Wartens in Sekunden. Ich zähle mit und beobachte, wie der Zeiger ruckartig ums Zifferblatt kriecht.
Monika. Hoffentlich bald wird sie die Tür öffnen und mich anlächeln. Es ist September, also ahne ich, daß ihre Beine braun sein werden, mit flirrenden blonden Härchen bedeckt.
Meine Hände werden feucht, ich wische sie an den Jeans ab.
Monika zeigt gern ihre Beine und kann sich das auch erlauben. Auch die streng nach hinten gekämmte Lockenpracht. Ihr ebenmäßiges Gesicht mit der geraden Nase und den immer etwas ironisch hochgezogenen Augenbrauen kommt dadurch noch besser zur Geltung. Ihre Lippen sind etwas voll, aber schon deshalb von hinreißender Sinnlichkeit und verbergen nur selten die ebenmäßigen weißen Zähne. Denn immer, wenn ich sie ansehe, spielt ein belustigtes Lächeln auf ihrem Gesicht und besonders in ihren dunkelblauen Augen.
Weil ich hier nicht rauchen darf, knacke ich mit den Fingern. Was aber auch nicht hilft.
Jeden Moment muß sie kommen, weiß ich, und spüre winzige Schweißperlen auf der Stirn.
Da, die Klinke der gepolsterten Tür bewegt sich! Ich erstarre, mein Herz schlägt mindestens in der Frequenz eines Mannes, der kurz vor dem Elfmeterschießen beim Fußballendspiel zwei Eimer Kohlen aus dem Keller holen mußte.
Monika erscheint und lächelt mich an wie immer, aber ich erwidere ihr Lächeln nicht und sehe an ihren ostseebraunen Beinen mit zitternden Lippen vorbei.
Hin zu Dr. Löwenhaupt, der bei meinem Anblick bereits zum Bohrer greift, während Monika sagt: »Der Nächste, bitte!«

Alternative

Ich will Krieg. Ich will die Endlösung. Die Antwort auf unlösbare Fragen.
Verbrennt endlich und gefälligst Kinder, die sowieso höchstens drei Monate oder sechs Jahre alt werden. Baut Lager, gleich neben der CeBIT in Hannover. Platz ist.
Keine Glaubensfrage. Kein multikulturelles Gequatsche.
Weg mit jedem, der nichts taugen wird. Macht Aids die Türen auf. Wer will, der soll.
Wenn schon globale Vernetzung und Datenautobahnen: seid ehrlich an euren Computern, an den bunt schillernden Schirmen. Los doch, los doch, wir löschen sie aus, die Nullen. Aber bitte richtig!
Weg mit den Armen. Auch weg mit Autos. Kein Weg mehr.
Die Tempel stehen in Wohnzimmern, pufferzonengesichert.
Ein Stromausfall schreckt sie nicht, uns nicht. Die Statistik siegt oder behält recht. Busse und Bahnen. Flugzeug gegen Auto.
Die Chance zu sterben ist gleich. Fast.
Fast hätte jemand wie ich Angst: zu fliegen, zu atmen. Was weiß denn ich, woraus die Tapete ist? Die Ölfarbe des Treppenhauses?
Kein Ort der Welt ist sicher, höchstens bezahlbar.
Die Greenpeace-Leute steigen in alte Autos ohne Katalysator. Sie protestieren für den Protest, retten Wale mit Atomeisbrechern russischer Herkunft.
Keiner weiß mehr was Genaues. Dennoch: überzeuge dein Gegenüber. Sei smart.
Ich will Krieg.
Sollen ruhig Leute für ehrliches Gewissen sterben. Mit Lungensteckschuß oder weggefetztem Gehirn. Irgendwo im Feld.
Die kleinen, dünnen, schwachen, schmalgliedrigen Afrikaner machen das Sterben doch vor. Sie glauben noch immer an Winnie Mandela. Hysterisch.
Ich denke, daß Krieg notwendig ist. Beheimatet auf diesem Planeten und unumgänglich.

Tote Soldaten sind einfach ältere Kinder, die sonst verhungert, erfroren oder in Heimen vergessen worden wären.
Wie eh und je kämpft doch Armut gegen Armut für Reiche. Die Welt eine Kugel. Die sich dreht.
Flirtende Koketterie, anders zu denken!

Eine Warnung aus dem Jahr 2004 vom 14. September

Bunker Nr. 1109. Allein das Wort Bunker besagt, beschreibt genug. Zwischen den rauhen Betonwänden drängeln sich Menschen aus Platzmangel und suchen nach etwas Wärme. Einzelne Leuchtstoffröhren werfen ihr blaues Licht in die vor Angst grauen Gesichter. Manche Kinder lachen ahnungslos, bis sie ein Blick ihrer Mutter zur Ruhe bringt oder schreien läßt. Trotz Klimaanlage folgt ein Hustenreiz dem anderen, tränen die Augen. Es ist fünf Minuten vor Drei.
Die Katastrophe steht bevor. Sie war erst geweissagt, später von Journalen ergründet und schließlich von den Regierungen bestätigt. Sämtliche Wissenschaftler erklärten den Bankrott. Zu spät, doch es blieb Zeit genug, sie zu lynchen. Regierungen fielen dem Volk oder dem Militär zum Opfer. Dann mordete Militär das Volk. Noch Anfang des Monats mordete jeder jeden. Der Rest sitzt hier.
Im Bunker.
Revolutionäre neben Soldaten, Regierungssprecher neben Journalisten. Ganze Banden von Skins zwischen Türkenmädchen, die Gebete murmeln. Die Transistorradios sind seit einer Minute verstummt..
Noch 4 Minuten also bis zum Ende der Welt.
Ein Professor der Ökologie verliert seine letzten Zuhörer, die sich der Liebe hingeben, während ein Armeegeneral dem letzten treuen Feldwebel den letzten unsinnigen Befehl erteilt. Nämlich »Ruhe« zu schreien.
Die ist längst schon eingekehrt. Niemand bewegt sich mehr. Die aufgewirbelten Staubflocken sinken nieder, klar und deutlich ist das mechanische Uhrwerk der miteinander gekoppelten Quarzuhren zu hören. Sie hängen in jedem Korridor und zerschneiden die verbleibende Zeit in Sekunden. Drei noch davon. Irgendwo hustet jemand, ein anderer lacht auf, als wäre dies ein letzter Scherz.
Der große und der kleine Zeiger rücken zugleich auf die Balken, die Zwölf bedeuten.
Nichts passiert.

Den vermeintlich letzten Atemzug in den Lungen haltend, lauscht jeder.
Plötzlich schreit ein Kind, der Hustende wiederholt sich, und die Zeiger rücken, wie der Schwerkraft gehorchend, weiter vor.
Zu reden wagt noch niemand. Lange nicht.
3 Uhr 15. Wieder ist es ein Kind, das die Stille bricht und fragt artig, wie spät es ist. Darüber lacht der Feldwebel zu laut und wird vom General zurechtgewiesen, zurecht degradiert.
Stille herrscht.
Bis 3.37 Uhr. Denn der Huster muß mal, tritt einer älteren Frau auf den Fuß und fällt zwischen die Skinheads. Lärm entsteht.
Schlichtend erhebt sich ein Regierungsbeamter, wird aber von den Ökologiestudenten übertönt.
Die Opposition berät sich in fernen Nischen.
Ein degradierte Feldwebel wird zum Oberfeldwebel ernannt.
Optimisten lassen Sektkorken knallen. Brote sind stückweise soviel wert wie eine Stange Zigaretten. Vorher war das umgekehrt.
Ein dem Lynchen entronnener Professor entwickelt eine neue Theorie und erläutert sie dem Regierungsbeamten. Gleichzeitig springen die mechanisch betriebenen Zeiger der quarzgesteuerten Uhren mir einem leisen Klicken auf 4 Uhr.
Das Inferno beginnt.
Lava überflutet den Bunker. Krater mehren sich bösartig auf der Erdoberfläche und zersprengen puff den Planeten. Das war's schon.
Um solche unliebsamen Überraschungen zu vermeiden, sollten Sie nicht wieder vergessen, Ihre Uhr bei Einführung der Winterzeit eine Stunde zurückzustellen.

Zeitgerecht

Johannes hatte Recht gehabt: der Sturm kam viel früher als vom Wetterdienst gemeldet. Zuverlässiges Rheuma. Und nicht nur dies: selbst die ansässigsten Möwen waren schon vor Stunden landein geflogen.
Das lokale Fernsehen war mit dem Drehen einen Tag früher fertig geworden. Sein Report sollte wohl heißen: »Der letzte Leuchtturmwärter«.
So war es wirklich sein letzter einsamer Tag geworden. Er meinte zu hören, wie Relais anschlugen, Schaltungen summten, Röhren rochen.
Nein, verbesserte er sich in Gedanken, Röhren gibt's ja gar keine mehr. Funkgeräte auch nicht. Nur das Handy piepte.
Umständlich handhabte er es und erfuhr von Funkloch zu Funkloch: »Wir können Sie erst morgen holen!«
Also noch ein allerletzter Tag. Mißmutig sah Johannes auf den Seesack voller Erinnerungen und spürte die rostigen 123 Stufen hinter sich. Dachte an die eigentlich schon verabschiedete Koje, an sein statistengleiches Herumstehen zwischen den jungen Elektrikern, die seinen Turm von ihm abgenabelt hatten, sein vierzigjähriges Zuhause lachend und neugierig durchforstend wie eine Burgruine.
Der Turm erzitterte, die Wogen stemmten sich gegen ihn und rüttelten unten an der Eisentür.
Da stand schon – verfärbt und brüchig – sein alter Seesack. Ist sowieso unnütz geworden; dachte Johannes. Wie ich: seit zwei Stunden Pensionär. Gerümpel, was aufgesammelt und abgeholt wird. Oder auch nicht. Überflüssig wie ein Mensch ohne Verantwortung. Nichts als Hülle.
Er stieg wieder hinauf. Die rostigen Stufen ächzten 123 verschiedene Töne. Mit jeder vertraut, stapfte er langsam nach oben. Auch orkanvertraut, denn 1949 klang's draußen genauso, heftiger nur noch 1959, 63, 84.
Johannes hielt neben einem klappernden Bullauge inne, preßte seine Hand dagegen und holte tief Luft. Ja, vierundachtzig! Das Todesjahr seiner Frau.
Am Anfang ihrer Ehe war der Lichtstrahl des Leuchtturms, der

bis in ihr Schlafzimmer blinkte »Ich liebe Dich!« Später: »Mein Alter ist auf Arbeit«.

Man kann sich an Seufzer gewöhnen. Und irgendwann später trotzdem sagen: »Wir waren glücklich« – über jeden Ärger hinweg, über alle Mißlichkeiten.

Handys gab's damals noch nicht. Johannes läßt es aus der Hand fallen, fast erleichtert hört er das Bersten der Plasteteile.

Die letzten Stufen nimmt er mit ein paar Sprüngen wie früher, um aber dann aber schweratmend neben dem gleißenden Lichtkegel stehen zu bleiben.

Drei Hochdruckquecksilberanlagen erhellen den Horizont. Fortan sind keine Linsen und Scheiben mehr zu putzen.

Müßig steht Johannes da. Draußen tobt das höllische Unwetter. Es schüttelt ihn durch, zum letzten Mal.

Irgendwo in Hamburg leuchten Dioden, zur Kontrolle, daß die Nebelhörner ihr monotones Lied beginnen.

Vom Wachzimmer blieb bloß das kleine Fenster heil. Der Hagel zerschoß die vier Halbrunde kaputt.

Den Leuchtturmwärter durchfährt ein trauriger, böser Gedanke. Erstaunlich schnell findet er den neuen absoluten Hauptschalter und betätigt ihn.

Jäh erlischt das Leuchtfeuer. Die Bewegung des Radars erstirbt, das Nebelhorn verstummt wie anklagend.

Auf See erbleichen Navigatoren ohne Radar. Kapitäne brüllen heisere Befehle. Funker alarmieren die Küstenwache. Die Brecher schlagen wie mit doppelter Wucht übers Heck und ans dunkle Ufer.

Kaum drei Sekunden später setzt das zweite System ein. Und funktioniert!

Dennoch bleibt nachträglich allen draußen ein Gefühl von Panik und Mißtrauen in die neue Technik.

Johannes lächelt und betätigt den Schalter kein zweites Mal. Er ist ja kein Leuchtturmwärter mehr.

Aber man hätte ihn pünktlich vom Dienst holen sollen!

Im Hallenbad

Keiner steht vor der Tür. Sie schließt pünktlich auf, zieht ihren weißen Kittel gerade und setzt sich hinter die Scheibe, hinter ihre Kasse. Da sitzt sie tagein, tagaus.
Es ist August. Wer badet da schon – hier. Höchstens werden ein paar Rentner kommen, ihre steifen Gelenke trainieren.
An der Leiter des Drei-Meter-Bretts hängt still die Tafel »Außer Betrieb!«
Sie heißt Annegret. Früher machte es ihr Spaß, nackt die Fünfzig-Meter-Bahn rauf- und runterzuschwimmen. Früher. Im Licht der Notbeleuchtung. Der Nachtbeleuchtung. Simon sah ihr zu und war ein Schmucker. Der schmuckste Bademeister. Erst Tag für Tag, dann Nacht für Nacht. Und neunzehn Jahre lang.
Die Rentner kommen. Die Duschen spülen los.
Noch sind die Stimmen leise, noch ist die Halle ohne Hall, ohne Wellen.
Das Gekreische der größeren Kids müssen jetzt Bademeister von Wann- und Müggelsee ertragen.
Es riecht nach Chlor. Im Keller laufen die Umwälzpumpen an, und Annegret macht Georg den Kaffee mit viel Milch. Er hat bisher nie seine Schlüssel vergessen. Kommt nie durchs Portal. Georg, der Hausmeister, betritt die Anlage unscheinbar. Auf den Stufen zu seinem Refugium herunter stehen Näpfe. Dort fressen sich Katzen und Kater satt. Ohne Dank. Scheu. Mißtrauisch. Er zählt sie nicht. Gibt ihnen keine Namen.
Oft genug wird draußen eine Brut überfahren. Vor allem beim Einparken überfahren herzensgute Menschen ganze Katzenfamilien. Gleich um die Ecke. Stadtgerecht vor einem Gully. Das spült sich so weg.
Die Rentner wollen schwimmen, im Wasser sein. Unbeschwert. Schwerelos.
Georg schlürft, um sich die Lippen nicht zu verbrühen. Bei so viel kalter Milch! Annegret schüttelt den Kopf und ihre grauen Haare. Wohlwollender noch, als der junge Schwimmeister über die Stufen stolpert. Er kommt gleich im Trainingsanzug. Seine Augen sind verschlafen. Aber er lächelt. Nein, grinst.

Wie Simon, sagt Georg. Es planschen die Rentner, Renterinnen etwas mehr. Zwei Kindergartengruppen kommen und ein Häuflein verirrter japanischer Touristen mit Unterwasserkameras. Sie wollten eigentlich ins »Blub«. Dankbar wird Annegret fotografiert. Sie läuft mit, bis der richtige Bus einfährt. Der Bus knickt sich aus dem Stau und hält schräg zur Haltestelle. Nichts passiert, sagt Georg, der Hausmeister. Womit er wohl die Katzen meint.
Ruhig laufen alle Maschinen. Die Kinder drängeln, um unter einen Fön zu kommen. Sie wollen ins Freie. Stadtluft plus Sonne. Berlin eben. Das Stadtbad wird leise. Wird leiser, bis Stille herrscht.
Fast. Denn da kommt leichtfüßig und barfuß sie.
Sie hat lange Haare. Blond. Trägt Bikini. Hat meerjungfraugrüne Augen. Paßt zum Schwimmlehrer.
Nackt war sie, sagt Georg später zu Annegret, die die Schlüssel resolut umdreht.
Zwischen Sonne und Stadt stehen Wolken, schweben nicht. Die Luft ist voller Staub. Abgase vielleicht. Lärm bestimmt.
Es wird geeilt. U-Bahnen gibt es hier, S-Bahnen, Taxis, Rettungswagen. Kirchen auch und ein leeres Schwimmbad.
Die Kater liegen neben den Katzen oder in deren Nähe, müde, beieinander. August. Zum kleinen Hof führt eine Werkstattür kellerwärts.
Georg schließt sie sorgfältig ab. Von innen.
Weil Annegret schwimmt.

Sieh da

Schuld an meiner gegenwärtigen kleinen Depression ist natürlich ein Wessi, mein neuer Nachbar. Sein Anwalt aus Wiesbaden trug mir auf, den Schuhschrank vom gemeinsamen Treppenaufgang zu entfernen. Feuerpolizeilich begründet. Im Namen des Vermieters, rechtlich basierend auf Brandschutzbestimmungen betreffs der Nutzung von Treppenauf- oder -abgängen bei deren etwaiger Fluchtwegfunktion.
Da zwölf Paar Herren- oder drei Paar Damenschuhe ja schon dem Preis eines gebrauchten Mittelklassewagens entsprechen, lagerten bei mir lediglich vergilbte Fernsehzeitungen artfremd im Schuhschrank. Die »Berliner Zeitung« lese ich, seit sie tatsächlich früh erscheint, in der S-Bahn; öfter und öfter unzerknittert, also ungelesen, lasse ich sie auf dem Sitz liegen.
Hingegen öffnete ich nach Intervention des Wiesbadener Anwalts mißmutig die Klappladen des beanstandeten Schuhschranks. Auf Titelblättern fielen mir Uta Schorn und Herbert Köfer entgegen, rückseitig immerhin Günter Schubert. Aufblätternd öffnete sich ein Porträt von Schmidt-Schaller. Das Lächeln Carmen Nebels. Die stumpfen, weißen Zähne der 1199-Besatzung anno Oktober 1989.
Hinter geborstenem Holz einer unteren Klappe, zwischen Walther Plathe, Ingeborg Krabbe und Andrea Horn, verweilte ich kurz gedankenverloren. »FF dabei« 1990. Irgendein sommerlicher Monat.
Mühlfenzels Hysterie angesichts abendlichen Anblicks namhafter Adlershofer Prominenter live – noch immer! Nackte Busen womöglich. »FF dabei« immer dabei. vor allem auf Innenseiten.
In Abwicklung befindliche SchauspielerInnen klagen ihr künftiges Leid. Das Ballett des DFF probt bereits für seinen letzten Auftritt. Aus Donnerstaggesprächen gellen Hilferufe. Gerd E. Schäfer weint. Die Puhdys gehen vermutlich noch vor Erreichen des Rentenalters zugrunde. Die Pfeffermühle mahlt nicht mehr. Der Distel wird das Stechen via Bildschirm verwehrt. Wie gut, daß es Maria gibt! Und Heinz! Heinz bleibt vermutlich.
Ein loses Brett rutscht mir auf den Hinterkopf, aus dem Fen-

ster werfe ich die Zeitungen dem offenen Container zu. »Bei all der Jägerei...«, klingt es widerhallend vom tiefen Hof »...ein bißchen Glück ist immer dabei!«
Die kleine Beule macht mir weniger aus. Die Trennung von vergilbendem Altpapier auch nicht.
Aber beim derzeitigen Tenor aktueller Bildschirmjournalistik fürchte ich fast, im »Länderspiegel« demnächst (nebenher: Adel ist ja wieder gefragt!) einen Beitrag Karl Eduard von Schnitzlers zu sehen!
Oder aus lieber Gewohnheit abzuschalten.

Eine Seite Einsamkeit

Ist im Oktober der Strand irgendeines Sees, der See. Hier wie da grauer Sand, kalte Wellen, als Farbtupfer eine kaputte Gummiente – höchstens.
Ist ein Hotelzimmer, weil man übernachten muß. Lächerlich groß dieser Kleiderschrank für einen Mantel und zwei Blusen. Die Nachttischlampe kaputt; du hast dein Buch vergessen.
Oder statt dessen die Autobahn nachts bei Boblitz oder Köckern.
Nieselregen kämpft mit der unzulänglichen Intervallschaltung des Scheibenwischers. Im Radio ein Vortrag über Kindererziehung oder Rinderaufzucht. Wer vorgebeugt und angestrengten Blicks überholt, sieht nicht nach rechts. ILB 7–22.
Ist morgens in der U-Bahn. Fünf Uhr zwanzig. Oder im Bus. Keiner guckt so richtig. Wer munter ist, hat noch nicht geschlafen. Jeder denkt an irgendein Bett. Männer riechen nach zuviel Rasierwasser.
Eine Seite Einsamkeit ist gerade jetzt auch unsere Wohnung. Musik zu hören habe ich keine Lust, die Antenne des Fernsehers ist kaputt, der Wasserhahn tropft umso hörbarer. In der Küche stapeln sich Abendbrot- und Frühstücksteller einer Woche. Du bist auf Dienstreise. Dann – wenig später – dreht sich dein Schlüssel im Schloß.
Ich höre auf zu schreiben, sonst werden es ja zwei Seiten Einsamkeit.

Spätgeburt

»Sie sind«, hauchte eine unansehnliche Schwester ins schweißnasse Gesicht meiner Mutter, »soeben von einem Jungen entbunden worden!« Ihr Krankenhauskittel war unter den Achseln verfärbt. Neue, dunkle Feuchte fraß sich zu den gelben Rändern des vorigen und vorvorigen heißen Tages durch.

»Ein Junge!« wiederholte die Schwester lauter, um noch einmal genau das Geschlecht des Erstgeborenen zu erklären.

Mein kleiner Kopf lief derweil blau an. Der Arzt hielt mich nämlich an den Füßen hoch, während er mit einer Assistentin flirtete.

»So halten Fleischer Fleisch!« wollte ich protestierend einwerfen. Es wurde ein unartikuliertes Brüllen.

»3280 Gramm!« ergab die Waage, Etwa 33 Schnitzel also. »52 cm!« Oder eine stattliche polnische Ente.

Da war ich also.

Ab ins Bad – als ob meine Haut nicht verschrumpelt genug gewesen wäre!

»Der neue Stationsarzt hat mächtig Muskeln« wisperte die blonde Schwesternhilfe einer mit rötlichen Haaren zu.

Unter Wasser wird die Luft leicht knapp, wenn anatomische Sensationen ausgetauscht werden. »So geht man nicht mit Neugeborenen um!« schrie ich versuchsweise, aber vermutlich haben die beiden lieblos windelnden Teenager mein Geschrei kaum verstanden.

Etwas sorgfältiger banden sie mir ein Nummernschild um den rechtesten Zeh.

»Haargenau so ende ich auch mal!« sabberte ich panisch und wurde routiniert abgewischt.

Kahle, weiße Wände. Mensch neben Mensch. Weiße Laken, weiße Tücher. Rollende Betten, bereitstehende Bahren. Hier arbeitende Menschen scheinen mit Tod und Leben abgestumpft vertraut. Durchaus denkbar eine Annonce wie: »Hebamme sucht Sargträger.«

Das oder Ähnliches spie ich aus, leider unverständlich in Hustenanfällen verpackt. Die nächste Schicht fröhlicher Lernschwestern durchtänzelte gewischte Flure auf der Suche nach jungen Ärzten, kräftigen Pflegern oder gewissenlosen Krankenwagenfahrern. Wem schadets, am Müggelsee kurz mal ins Wasser zu springen, wenn ein Kreislauftoter im Strandkorb nur mehr des Abtransports harrt?

»Aa« schrie ich, »aa!« Ich ließ mir Rotz durch die Nase laufen und krümmte mich, so sehr es nur ging. Sollte heißen: »Bringt mich, verdammt, zu der, die Schuld hat, daß ich hier bin!« Kürzer gesagt: »Hunger!« Aber meine Mutter war schon aufs Zimmer verbracht.

Mich brachte man hinterher: auf langem Weg durch Gänge voller Leuchtstoffröhren, Kranker, Gipsbeine, Kopfverbände, Rollstühle.

Weshalb trennt man Geburtsstationen nicht kategorisch von den Lazaretten unserer Zeit? Warum deprimiert Ihr uns mit Unfällen und Körperverletzungen schlimmster Art, indem überall Bandsäger mit abgesägter Hand einhergehen?

Diese und ähnliche Fragen verbarg ich in zunehmend durchdringenden Gekreisch bis zum Busen hin. Zu den Brüsten. Zwei, also Alternativen. Demokratie?

Doch wie nun: links oder rechts?

»Er will nicht!« wurde meiner Entscheidung vorgegriffen. Und ab ins Massenquartier der Altersgenossen. Die resolute Hand der Schwester roch wie ihre Achseln.

Der Haken, an den ich unterwegs gehangen wurde, war schon von vor mir vielen Transportierten gekrümmt. Die Schnuller, oft benutzt, tausendmal abgekocht, schmeckten fad. Durch sie lief die geeuterte Milch meiner Mutter aus dem Zimmer dort drüben oder sonstwoher. See us later, Ma.

Ja doch: es hatte wohl alles seine Richtigkeit. Außerdem maule ich nicht, wenn man mich füttert. Schlucke alles in mich hinein.

Nur: habt Angst vor meinen Windeln!

Gleichmut

Ein König nickt, das Volk erschrickt, der Narr springt auf den Brunnenrand. Glatt sind die Steine, abgenutzt von Leibern, die sich über den Rand beugten; nicht selten fielen auch Kinder hinunter ins schwarze Loch. Wasser tropfte abschleifend aus Holzeimern.
Es ist der Brunnen dieser Stadt.
Der Narr tanzt. Seine Schellen klappern, er strauchelt gewollt und gekonnt dem Schacht entgegen. Die Menge stöhnt, schluchzt und windet sich in Angst. Ein wenig gespielt auch ihre; man kennt den Harlekin zu gut. Sein Rock ist brüchig schon.
Er schläft mit mancher Dirne, mancher Frau.
Dem König ist's egal, dem Volk ebenso. Es sperrt die Mäuler auf. Zollt Tribut. Taler klimpern übers Pflaster, Groschen und Pfennige, die mit begierigem Lächeln verfolgt werden.
Er sammelt alles auf, der Narr, Gold, Nickel und Blicke. Seine Verbeugung ist anmutig, gekonnt. Routine.
Zeit geht ins Land.
Landesväter bleiben immer gleich. Sie lächeln ohne Empfinden, ohne Bedeutung. Narren tun dasselbe, jetzt höchstens öfter auf dem schmalen Sims eines Turms, der Tragfläche eines Flugzeug. Sie straucheln auch oben geschickt. Das Volk schaut zu und hofft schaudernd: daß er abstürzt, der Narr – oder sich rettet?
Ich fürchte, früher war alles besser. Ganz früher und weit vorher. Als es noch Menschenopfer gab – ehrlich gemeinte.

Soviel steht fest

Irgendwann hört die Uhr auf zu ticken, mein Herz zu schlagen. Vielleicht ist es mitten im August bei dreißig Grad Hitze und die Trauerweide trauriger denn je.
Einmal ist die letzte Zigarette geraucht, sind der Worte genug gewechselt. Mir fällt nichts mehr ein, weil es in mir nichts mehr gibt, dem etwas einfallen könnte. Das menschliche Gehirn stellt seine Funktion nach etwa drei Minuten fehlender Sauerstoffzufuhr ein.
Selbst in Disneyland kann man an einer plötzlichen Embolie ersticken.
Eventuell überrollt mich der letzte Zug. Ich habe versucht aufzuspringen, um nicht zu spät zu kommen und vom Leben bestraft zu werden. Es könnte nachmittags um vierzehn Uhr geschehen. Europäische Winterzeit. Oder in Spanien.
So, so oder so: Mich wird's erwischen.
Eine Ampel bei rot, ein fallender Dachziegel. Ein Dreißigtonner mit übermüdetem Fahrer. Wenn ich Glück habe: Altersschwäche. Womöglich noch in diesem Jahrhundert.
Nicht aber ein Nervenzusammenbruch! Nicht hier und nicht jetzt und nicht heute! Am Sonntagmittag in meiner Wohnung.
Nur deshalb gehe ich rüber, klingele und bringe meinen Nachbarn mit seiner eigenen Schlagbohrmaschine um.

Verteilt

Der Teufel hat drei goldene Haare, die Hölle unter sich und eine Großmutter, also Sorgen als Privatunternehmer. Zudem zahlreiche nörgelige Untergebene. Ein Heizkraftwerk. Immerhin von Gott so gewollt und benötigt.
Die kleine Fee hat zwei himmelblaue Augen, schlanke Glieder am elfengleichen Leib, zarte Flügel, gesunde Zähne und Freude an Leuten, wohin sie kommt.
Zur Schönen gehört das Biest. Zur Tür der Rahmen. Zum Lachen unisono das Weinen.
Der Tag hat den Abend, die Nacht den Morgen. Die Sonne den Mond. Das Meer den Strand. Zeitungen haben Leser. Radios Hörer. TV-Sender Zuschauer, Kinos dito – ab und zu.
Nach dem Happy end im Kino füllt sich Restaurant um Restaurant. Die Stadt lebt. Zwei Autos scharren aneinander.
Wer den Schaden hat, hat den Spott. Freunde und Feinde haben sich. Ärzte haben Patienten. Soldaten Kriege.
Generäle haben Soldaten und Panzer und Schützengräben und Selbstfahrlafetten und Pontonbrücken und Brückenköpfe. Und bei alledem ihren ruhigen Schlaf.
Sie stehen dicht nebeneinander als Gruppenfoto auf irgendeiner Treppe, die zu irgendeinem Schloß von Rang und Namen gehört Der eine oder andere hat köstliche Kaviarklümpchen im Mundwinkel, französische Petersilie zwischen den Zähnen, in blankem Leder verborgene mutmaßliche Schweißfüße auf ausgetretenen roten Teppichen. Vor unzähligen ausgeleierten Objektiven hungriger Pressevertreter aus aller Herren Länder.
Auch sie haben Zeit zur Genüge.
Wir haben ungenügend Angst.

Eine Begegnung mit Prag
(ostdeutscher Art)

Es gibt das Flair von Paris, die Skyline Manhattans, Londons Nebel und Prags Geruch.
In zwei mauerlosen Jahren lernt man Neues kennen. Deutsch ist man längst paßmäßig eingeteilt.
Prag war meine Hochzeitsreise. Unsere Hochzeitsnacht im Schlafwagen reduziert um die durchdringenden Grenzkontrollen zweier befreundeter Staaten.
Der Wenzelsplatz war es, im güldenen September. Und die Stadt roch. Ein wenig zwar schon nach bundesdeutscher Toilette sowie noch einem letzten Hauch Habsburgischen Atems. Mehr aber nach Knödeln und Gulasch. Heute weniger – von allem.
Ambassadoresk sah ich ihn sitzen, damals. In seinen wachsamen Blicken der silbergraue BMW, in der Hand Budweiser Bier. Zu seinen Seiten Frau und lautes Kind.
Ich lief, Kronen zählend, vorbei. Aß in Nebenstraßen. War liebend, verliebt.
Das Essen duftete selbst im schäbigsten Hotel. Wie auch das Lieben dort nicht schwerfällt.
Der andere Deutsche fiel mir lediglich ins Auge.
Und heute treffe ich ihn wieder. Weißblau das Markenzeichen seines PKW. Er ist nicht mehr aus Bayern, sondern aus Dresden.
Mir sagt ein Mädchen radebrechend, was sie kostet. Sie ist Slowakin. In meiner Tasche zähle ich die Kronen. Nein, man muß auch auf was verzichten können.
Ein Gestank betäubt meine Sinne. Na gut: Das Hilton-Hotel hat bestimmt eine Klimaanlage.
Die Kellnerin holt eifrig ein deutsches Buch gegen aufkommende Langeweile. Währenddes' wird der nahe Wenzelsplatz zu einer verkommenen Nebenstraße Europas.
Vielleicht ja nur, weil Herbst ist, kein Frühling. Und vielleicht komme ich, wenn es zufällig einmal sauer riecht, wieder her. Mit meiner Frau. In ein Hotel am Rande der Stadt.

Gedicht
*mit Anmerkung**

Ich warte auf dich
bei Tag und bei Nacht.
Ein Suizidversuch
hat mich fast umgebracht.

Es schneckt in der Hand,
ich schau in den Wein.
Du klopfst an die Tür,
prompt schlafe ich ein.

Der Duft deines Kleides
schwebt sanft neben mir.
Knoblauch riecht stärker,
ich kann nichts dafür.

Sei endlich zu fassen,
laß wallen dein Haar,
laß wogen den Busen
und mach mich zum Star.

Ich will nicht deinen Schoß,
greif dir nicht in die Bluse.
Bitte küß meine Stirn,
und zwar schleunigst, oh Muse!

---

* Ich bekenne ehrlich, ein aufrichtiger Bewunderer Heinz Erhardts zu sein.

U-Bahn

Nicht jeder, der aus Bad Doberan stammt, ist naiv und von schlichtem Gemüt. Viele Männer dort heißen wie Männer allerorten: Frank. Oder Frank-Peter.
Einige von ihnen feierten vorige Woche ihren Geburtstag, mehrere den 21. Viele wiederum sind langhaarig und blond, schlank und sportlich.
Einer davon in Bad Doberan unterwegs zur Probefahrt auf seiner Harley Davidson. Von Mutter geputzt, den argwöhnischen Blick des Vaters im Rücken: auf zur Autobahn! Mal 170 fahren!
Peggy gähnt. Sie hält ihre Hand dabei nicht vor den Mund. Es hat lange gedauert, sich diesen unnatürlichen Reflex abzugewöhnen. Die deshalb verärgerten Eltern leben nun zufrieden ohne die endlich volljährige Tochter nahe Köln.
Mit mäßigem Ekel denkt Peggy an die Nacht in der muffigen Fahrerkabine und daran, daß ihre Mutter auch mal vergewaltigt wurde. Von einem Russen damals. Ohne Joint. In Berlin.
Ihr fällt ein, wo sie ist, weil ihr einfällt, wo sie hinwill: nach Berlin. Peggy findet tatsächlich noch einen Kaugummi gegen den schlechten Atem, bevor sie über das uringelbe Gras zur Autobahn stapft. Auf dem Parkplatz dort hat jemand die beiden einst himmelblauen Plastetoiletten umgefahren.
Ich stehe zuhause auf, wasche mich ohne Seife mit lauwarmem Wasser über den zwei Gläsern im Abwasch. Hauptsache, die Rasur stimmt, das Aftershave, das Fußspray.
Die kleine Holländerin ist weg. Vielleicht treffe ich sie zufällig mal gegenüber im Waschsalon. Vielleicht schlafen wir wieder miteinander, hoffentlich erinnere ich mich dann, wie es war.
Das Taxi ist hoffnungslos eingekeilt. Der Fahrer mustert mich im Rückspiegel und scheint zu ahnen: Heute arbeite ich nur, um ihn bezahlt zu haben.
Dieses oder jenes stimmt – auch auf der Straße dann und im U-Bahntunnel. Bei dem Bettler etwa, von dem mir ein anderer mißgünstig erzählt: Er ist blind, aber kein Russe. Und war nie in Tschetschenien, nie Panzersoldat. Als Halbwüchsigen im Grenzgebiet raubte ihm eine verirrte Übungsgranate das Augenlicht.

Aber die traurigen sowjetischen Kriegslieder sind sein Kapital. Sein Markt ist der lange, gebogene Gang zwischen U2 und U9, Bahnhof Friedrichstraße, sein Werkzeug ein Akkordeon mit elfenbeinernem Schimmer über den Tasten. Michael, der Pole. Vietnamesische Zigarettenhändler behaupten sogar, er könne sehen; dennoch klauen sie ihm, wenn ihre Geschäfte schlecht gehen, heimlich die Scheine aus dem geöffnet vor ihm stehenden Akkordeonkasten.
Wenn Monika, seine Schwester, Privatkunden hat, wartet er lange. Dann ist es meist eine selbsterfundene Weise, die durch die Neonröhren hallt. Da wehrt sich dann jemand, der Michael heißt, gegen Kälte und Traurigkeit. Mit der tröstenden Hoffnung, daß Monikas Kunden vielleicht immer reicher und solider werden. Neulich wollte ein Freier sie heiraten. Da haben die Geschwister im benutzten Bett gelegen und geweint, bis Michael seine Melodie gefunden hat.
Frank-Peters Motorrad steht auf dem staubigen Hof des Tacheles. Kanadische Schweißkünstler zerschneiden die Speichen, um ein Symbol zu setzen gegen den rotierenden Wahnsinn unserer Welt.
Seht nicht dauernd in die Kamera, sagt der RTL-Moderator, sonst no money!
Frank-Peter und Peggy haben eine Grotte gefunden, einen Verschlag. Etwas Glück für beide. Zwischen Pappkartons und zwei alten mechanischen Kassen. Um das Licht zu löschen, muß einer von ihnen am Draht ziehen, der neben der Birne aus der Fassung hängt. Ebenso, wieder Licht zu machen, als Peggy einen Kick braucht.
Die Oranienburger Straße erwacht. Mit ihr die Szene: Kunst geballt. Fröhliche Touristen nagen unwissentlich am Kern der Sache. Ihr Strom scheint unversiegbar.
Wir wollen nicht, daß Ihr uns seht!, schreit ein umjubelter Aktionist, übergibt sich auf ein Mercedesdach und schweigt, bis die Scheinwerfer erlöschen.
Gut so?, fragt er hoffend, aber das RTL-Team schüttelt unbegeistert die Köpfe.
Wer behauptet, öffentliche Verkehrsmittel zu mögen, lügt. Schon die Bezeichnung ist abschreckend.

Ich will das Geld rausholen, was mir heute morgen irgendwo abhanden gekommen ist. Wenn ich nur wüßte, wo? Aber das nützte mir jetzt auch nichts.
Berlins Mitte um die Friedrichstraße ist kein Hexenkessel. Nur etwas Aufregung herrscht. Polizeiautos patrouillieren. Da lauf ich quer.
Peggy hat Frank-Peter an der Hand. Er sieht glücklicher aus als sie und wie überrascht.
Später lichtet sich das Treiben. Die Kneipentische werden leer. Wirte schauen Gästen hinterher, nicht selten auch Zechprellern. Obwohl selbst müßige Spaziergänger keuchen, scheint Atemlosigkeit zu herrschen, unbestimmte Erwartung.
Vor mir laufen die hübschen Hintern einiger Straßenmädchen: ungeschickt, dennoch reizvoll. Plötzlich werfen sie ihre hochhackigen Schuhe ab. Aus Dessous werden Jogginganzüge. Sie gewinnen an Tempo. Leute lachen irrsinnig.
Zwillinge halten meine Hände. Links und rechts. Blond und vollbusig. Als ich ihnen von dem geklauten Geld erzähle, glauben sie mir kein Wort, verschwinden aber rasch in der Menge.
Der unverwechselbare Kopf meines besten Freundes taucht auf im Strudel lächelnder Münder. One way!
Hubschrauber werfen Silberfolienstreifen ab. Die Silberkugel des Fernsehturms verwandelt sich in eine Sonne. Sternchentropfen fallen hernieder. Wir schreien regenbogenartig, hysterisch schön. Fluten zusammen mit anderen in die Gänge der U-Bahn.
Michaels Melodie wird zum Hohelied der heißen Nacht.
Er wird zertreten.

Nein!

Hör auf, Felle zu streicheln, die davonschwimmen. Leute hören auf Wetternachrichten. Ein Hoch beschert uns kalte Luft.
Sie schließt hinter ihm die Tür, ordnet rasch ihre Haare vor dem Flurspiegel und läuft zum Balkon. Ihre Füße zwängen sich am Bierkasten vorbei. Er ist von vollen Flaschen fast voll. Ihr Winken bleibt vergebens.
Er geht seinen Gang. Müde, mit schleppendem Schritt. Selbstverloren. Selbstgewohnt.
Das Mädchen in der Straßenbahn grüßt selbstlos.
Sie blickt in den Panoramaspiegel. Sieht keine Blicke. Fährt los. Kurz davor schlossen sich die Türen und klappten die Gummiecken aneinander.
Die dicke Frau gegenüber kümmert sich um ihr Kind. Er fährt, sitzend und lesend, mit. Eine lenkt. Mustert im Scheinwerferlicht Wartende, Einsteigende, Mitfahrende. Station für Station. Bremsen, halten, klingeln, anfahren. Leute rein, Leute raus. Wohnvorort oder Werkstor. Regen und Schnee. Wo Gleise sind, spart die Stadt an Laternen.
In den Kurven flackern die Leuchtstoffröhren. Das macht nichts, wer jetzt fährt, hat die fetten Überschriften schon verinnerlicht. Man grüßt sich mit gewohnten Blicken.
»Aids!« schreit einer und schreit das düstere Wort noch einmal, noch kreischender. Er gibt seine Vorstellung. Seit man ihn kennt, spendet keiner mehr. »Aids!« Man hört seinen Schrei gedämpft eine Station später, einen Waggon weiter.
Noch bevor der Zug die Endhaltestelle erreicht, stehen alle auf. Warum eigentlich?
Er denkt überflüssigerweise nach, warum er damals nicht einfach bloß zurückgewunken hat.
Sie ist so lieb, so sauber. Sie kämmt ihre Katze und bekommt keine Kinder mehr. Wozu also Kondome?
Die Stechuhr druckt es aus.
Elf Minuten zu spät.
Infiziert.

Das Ende

Oh Gott, sagt es mir in sich, das Ende naht. Die Kacheln grünen ähnlich den Mundtüchern, Kappen und Kitteln. »O« stand links an der Tür, als die rechte Seite mit dem großen »P« zurückschlug. Vorher schon schlug mir der Geruch entgegen. Nichts jedenfalls beruhigte.
Vier Halogenscheinwerfer werfen Halogenlicht auf das Spielfeld des Operationstisches. Aggregate summen elektrisch. Das tun sie in Filmen dauernd, niemand weiß, warum. Oszillographen lassen Herzen hüpfen und verstummen.
Verborgene Lautsprecher machen beruhigend anhaltend »piep«, bis amerikanische Geigen erklingen, der Film zu Ende ist.
Doktoren lassen den Schweiß ihrer Stirnen von Schwestern abtupfen. »Tupfen!« rufen sie und sehen böse aufs Skalpell.
Die liebe Sonne hat sich feiglings aus der getönten Scheibe geschlichen. Ein weiteres Vierlingsgestirn wird herbeigeschoben und eingeschaltet. »Es ist soweit«, haucht ein Schwesterlein. Es ist soweit.
Plötzlich mustern mich zwei strenge Augen. Ein Augenpaar sozusagen im Schlitz der grünen Farben. Der Blick mustert mich nachdenklich bis mißtrauisch. Dann schüttelt sich der eingebundene Kopf: konsequent. wissend.
Atem, wird mir klar, ist Luft. Ich versuche sie einzusaugen, doch sie wird immer schwächer.
Die silbern scheinenden Bestecke klingen wie wirklich silbernes Besteck. Es ist unmöglich, im Hall einer leeren Schwimmhalle zu liegen, von Masken umgeben und ruhig zu sein.
»Gleich«, sagt jemand aus der fernen Ecke einiger Quarzuhren. Ich komme mir unwichtig vor bei all dieser Angespanntheit.
Bin ich noch da?
Dann spritzt das Blut, sprudelt, benetzt die chromblitzenden Stähle, läuft in geregelten Bahnen. Leicht von allen Seiten geneigt ist der Fußboden. Ein Abfluß in der Mitte mit silbernem Kopf. Die Lampen strahlen. Das rote, rote Blut ist überall. Seltenste Gerüche tun sich auf.

Mein Herz bleibt nun endlich stehen. Geruhsam.
Verschwommen, weit fort, seh' ich mich liegen. Zusammengekrümmt. Vergeblich jene letzte Mühe einer einsamen, traurigen Schwester.
Bevor der Arzt den Raum verläßt, wirft er gleichgültig sein Mundtuch in den Abfalleimer.
Vorbei. Sphären klingen. Gottes Stimme. Pink Floyd. Ich schwebe. Oder sie, die Seele, schwebt.
»Mutter und Tochter«, sagt darauf eine warme Stimme, »lassen wir raus. Der da ...« – ich bin gemeint und die Sprache wird hart – »... bleibt hier!«

Frühling

Der Mann dreht seinen Hut in den Händen und spürt das feine Stechen des Filzes. Ein Reh äst vor dem nahen Waldrand, drei Kaninchen entdecken sich beinahe gleichzeitig auf dem schmalen Rasenstreifen und hüpfen in entgegengesetzte Richtungen davon.
Der barhäuptige Mann hört die Kirchturmglocke schlagen und lauscht ihrem Klang bis tief in sein Inneres nach. Zwölfmal schlägt sie, der weiche, fruchtbare Boden scheint die dumpfen Schläge mit Behagen aufzusaugen. Nicht weit entfernt zieht ein Traktor blubbernd Eggen über dampfende, frisch riechende Äcker.
Mechanisch streicht sich der Mann eine Haarsträhne aus dem Gesicht, die ihm der leichte Wind dorthin geweht hatte. Ihn fröstelt etwas, er nimmt aber seinen Übermut, keinen Mantel angezogen zu haben, mit Übermut hin.
Mauersegler schießen durch den blaßblauen, reinen Himmel, durch die sattsam fliedergeschwängerte Luft. Er spürt sie plötzlich ebenso erstaunt wie die satten Farben der Blumen ringsum, der Bäume überall. Eine Wildgans verläßt ihre heimkehrende Formation, und jemand beschließt, nun endlich sein Leben zu leben.
Schließlich ist Frühling nicht jedes Jahr.
In heiterer Abwesenheit wirft der Mann eine Handvoll feuchter Erde aufs nutzlos polierte Holz des Sarges seiner Frau.

Notiz gegen Morgen

Verschweigen ist wie vergraben. Das Feld des Gedächtnisses ist weit.

Ich verschweige und werde erinnert. Das ist gruslig: daran erinnert zu werden.

Ich schreibe gerne Absätze wie Molen. Und hoffe. Hoffe, daß sich Gedanken brechen.

Es gibt kein Meer der Wahrheit. Nicht mal einen See der Erkenntnis, keinen Stein der Weisen.

Aber ich stemme meine Füße in den Sand. Fuchtle mit den Händen. Vergesse meine Hüfte nicht. Will nackt sein vor denen, die mein Nacktsein brauchen oder verstehen.

Feinde will ich haben, die ich finde.

Warum ist es wichtig, weiter zu springen, schneller zu rennen, als erster am Ziel zu sein? Oder tiefer zu tauchen?

Mir ist die feuchte Zunge von Monika lieber, die sich frech in meinen Mund wühlt.

Auf eine Schulter zu schlagen: derb, aber herzlich.

Herzlich? Was ist das jetzt?

Zeit genug, nachzudenken. Während eine Obstfliege im Bier ertrinkt.

Unterm Strich

Kater, wenn sie leicht gereizt auf dem Wohnzimmer
Teppich liegen, bemerken gelegentlich ein Eigenleben
ihres Schwanzes und jagen ihm verspielt nach. Männer
tun, auch ohne auf einem Teppich zu liegen, manchmal
Ähnliches.

*

Natürlich ist es keine Hürde, vierzehn Tage nichts zu trinken,
selbst in der Wüste nicht. Aber da müßte man schon ein Kamel
sein.

*

Beduinen schwören auf die Treue ihrer Dromedare.
Kamelen, sagt man, mißtrauen sie, obgleich deren
Höcker nur deren Rücken zieren.

*

Erst, wer einen Berg erklommen hat, weiß, was ein
Abgrund ist – zumal wenn er glaubte, glücklich verheiratet
zu sein und fände das Tagebuch seiner Frau.

*

Angst ist Wollust am Leben.

Wie immer

Trifft es den kleinen Mann. Den, der normal arbeiten geht, Steuern zahlt und den Chef und der Sekretärin des Chefs höflich jeden Morgen einen Guten Morgen wünscht. Natürlich haben sie ein Verhältnis, weiß die Belegschaft seit irgendeiner Talkshow. Ein sado-masochistisches.
Abteilungsleiter gehen fremd: Ich sag warum. Mit falschem Bart, grüner Brille aber gewohntem Sakko.
Manager nebst Frauen suhlen sich beim Partnertausch und drehen Home-Videos. Blue movies.
Alles mit dem Blick nach oben. Wer Erfolg hat, betreibt outing, möglichst bei sich selbst. Längst eine Eintrittskarte dazuzugehören. Outing heißt, »in« zu sein.
Rocksänger lieben Schlager, Schlagersänger oralen Sex – deswegen die wohlgeformten Kappen ihrer Mikrofone –, strenge Deutschlehrer heimlich die Rechtschreibreform.
Wer nicht sein Innerstes veräußert, muß mißtrauischen Blicken gewappnet sein. Dieser Busen echt!? Wehe dem, der zum Beispiel zärtliche, stille Liebe mag. Ein Schlaffi. Gynäkologen ohne Abhängige? Eine Schande ihrer Zunft.
Geschlechtsverkehr pulsiert durch Promenaden der Öffentlichkeit. Beim geringsten Anzeichen einer gelben Ampel haltend, um den Passanten zu zeigen: so sind wir.
Von hinten drücken berstende Busse voller Sexualtherapeuten, an denen Freud wenig Freude hätte.
Sie schwitzen sabbernd selbstgemalte Diplome voll oder lutschen gegenseitig an erigierten Theorien. Hochglanzfotos computerretuschierter Brüste, Augen, Penisse sowie vollmundige Lippen wirbeln herum. Karneval.
Die Ecken nachlässig angebrachter Plakate winken. Manchmal geht der Doppeldruck senkrecht durch Schamlippen eines Modells für Unterwäsche. Da lappen sie aneinander, übereinander. Auf Pfalz zu kleben, würde Zeit kosten. Sprayer tun ihr Werk, irrtümlich als Graffiti-Künstler bezeichnet.
Hauptsache bunt, Hauptsache ich.
Es trifft wie immer den kleinen Mann. Er trottet durch den dunklen Stadtpark, öffnet müde seinen grauen Regenmantel...

Das Mädchen mustert ihn gedankenverloren: Hab ich Sie nicht bei »Fliege« gesehen?
Wenigstens zirpen Grillen. Er schüttelt traurig die Köpfe und geht von dannen.

Haltestellengedanken

Alkohol ist ein seltsam sattes Wort. Schwer zu schreiben, schwer zu verdauen. Promille. Morgenrot fällt mir ins Wort. Antilopen. Ich bin gegen Lopen. Lopen, (Einzahl: das Lope) Lopen sind kleine, springende Tiere, welche altdeutsche Lieder singen. Nur in Gruppen über sechs. Schwips.
Wenn es hell wird, pflegen die Menschen Vernünftiges zu tun. Zur Arbeit, hoch aufgerichtet, zu schreiten. Stolzes im Blick oder Promille. Mir sind Millen angenehm. Millen (Einzahl: die Mille) sind mittelgroße, schweigsame Tiere mit Hang zur Schwermut; nicht unangenehm. Schwips.
Morgende ziehen sich den ganzen Tag hin, wenn sie mit unfreiwilliger Tätigkeit ausgefüllt werden. Man nennt dies meist: »Einen Job haben«. Man hat dann auch einen Chef, ein Leittier. Ein Tier also, was zu erleiden ist. Falls der Himmel morgens blau wird, sieht das Laternenlicht wie gelbliches Erbrechen aus. Schwips.
»Ehebrecher« hört sich an, wie scherengeschnittene Schattenspiele. Furchteinflößende Kindersendungen gab es damit. Chinesische Märchen. Russische Weisheiten. Westdeutsche Sandmännchen.
Kasperl gab es da auch. Kasperl ist ein ähnlich-, dämliches Wort. Schwips.
Das Leben ist nur mit Geld zu bezahlen. Damit es bunt bleibt. Die Klimaanlage funktioniert und ich bin von acht bis sechzehn Uhr ein zechnischer Teichner.
Schawips!

Vor Ort

Ich habe mich an sie gewöhnt. Sie ist unberechenbar, laut und ständig in meiner Nähe, ständig an meinem Ohr. Zunächst meine ich die Baustelle vor meiner Tür, erst dann meine Frau. Sie rasselt mit Baggerketten, Trennschleifer zerschneiden Stahlbeton. Preßlufthämmer dröhnen. Bauarbeiter schreien herum. Die Straße wird eingeengt, die Ampel unübersichtlich und manch Passant vom Bus mitgerissen. Sein Gekreisch geht im Lärm unter. Hunde kläffen auch.
Die Messingschrauben der Messingfenstergriffe werden von den ständigen Vibrationen herausgedreht. Fenster öffnen sich zur Stadt. An Schlaf ist nur noch zu denken, wenn es Freitagmittag wird. Dann schweigt der Bau, vom Senat bezahlt. Ebenso, wenn Tröpfchen fallen, Flöckchen wehen oder ein Wind sich sachte regt. Schlechtwetterzulage. Scharf scheinen Klimazonenränder zu sein, denn am Privathaus gegenüber wird weitergearbeitet.
So oder so. Lärm bleibt Lärm. Mir bleiben zwei Wochen Urlaub allein zu Haus. Meiner Frau bleibt zu sagen: tu etwas! Die Mietminderung ist abgelehnt, ihre Kur beginnt.
Sei nicht so passiv!
Ich halte ihr die Tür auf, damit sie die schweren Koffer herausbugsieren kann. Das Taxi hupt. Sie hat recht. Was nutzt es, im Bademantel mit Kopfhörern vor dem Fernseher zu sitzen. Deswegen küsse ich meiner Frau Lippen innig, als sie noch mal hochkommt, um den Rest zu holen. Man muß sich wehren, Flugblätter drucken, dem Kanzler schreiben, reagieren, Reaktion zeigen. Bürgerbewußt sein.
Ohropax kaufen. Es sieht eklig aus, in der Farbe eines Gebisses liegt es zweifach wurmgeformt da. Ohne Wirkung. Das Haus vibriert. Mit berserkerhafter Lust zerstören fröhliche Menschen (Bauarbeiter) meine Heimstatt. Die Farbe der Dielenbretter zertanzt vom trockenen Staub. Unser Hochzeitsfoto fällt auf den Schreibtisch und von dessen Rand. Mein Gott, wie jung wir waren!
Wie jung ich war, wie spontan. Wie ähnlich man sich bleiben sollte. Der alte Schlafsack fällt mir vom Hängeboden in die

Arme. Schnell ist die Badewanne ausgepolstert. Macht da draußen, was ihr wollt!
Das Fenster zum Hof ist ungeputzt.
Mein Tiefschlaf dauert drei Minuten, eher weniger, dann fängt unser Hausmeister an, Holz zu sägen.

Nachttischzettel

Den Wecker habe ich entschärft. Wir haben's vergessen, gestern abend. Gestern nacht. Heute ist Sonnabend. Keine Schicht für dich, kein Dienst für mich.
Ich frage nicht wirklich, wenn ich frage: Weshalb sieht der Himmel, selbst ein blauer, so feindselig durch fremde Fenster in fremde Zimmer?
Die blasse Sonne gibt mir Zeit, meine Socken einzusammeln und die Unterhose zwischen Bettzeug und Matratzen zu suchen. Du liegst, schön gelöst, da.
Sie liegt da, denke ich, fast schon weg, ein Fossil meines zukünftigen Lebens betrachtend. Sie liegt da, voller Genuß. Genuß gehabt habend. Zufrieden in ihrem Bett.
Ich entferne mich, ohne zu duschen. Das kleine Badezimmer riecht nach Kämmen, Bürsten, Haarspray. Die Borsten der Zahnbürste sind beruhigend naß. Ein dreiteiliges Spiegelschränklein. Wie überall: ganz rechts, die Medikamente.
Manchmal schnurren Katzen, manchmal werden kleine Menschen wach in ihren Verließen, den ein-Meter-mal-ein-Meter-Bettchen-Kerkern. Ihre Händchen umklammern die hölzernen Gitter. Ihre großen Augen mustern jetzt mich.
Nachts warten sie den Orgasmus ihrer Mütter ab, weinen nicht. Nur manchmal springen Liebhaberinnen unter mir hinweg, um schreiende Mäuler mit eben noch erregten Brüsten vollzustopfen.
Diese Schöne hat kein Kind, keinen Pudel, keine Katze. Liegt elfenbeinfarben da. Atmet leise durch etwas breite Nasenlöcher. Du holst träumend Luft, Schatz. Schlaf!! Der Wecker ist ja entschärft. Und dein Mann wird schon irgendwie mit mir fertig. So sieht er jedenfalls aus!

Rache

Sie sitzt mit dem Rücken zur Ecke der Bar. Das Tapetenmuster, wenn es dies gibt, ist nicht auszumachen im schummrigen Licht, das von der Tanzfläche zu den Tischen geistert. Die Revuekugel dreht sich und wirft ab und zu Goldpunkte auf die blonden Haare, in die graublauen Augen. Sie funkeln listig unter den dichten langen Wimpern. Das Mädchen ist schön. Man sieht, auch wenn sie nicht lächelt, wo ihre Grübchen sind. Die Augenbrauen laufen symmetrisch spitz aus. Vier oder fünf oder mehr Härchen bilden einen lustigen Strudel kurz vor einer möglichen Stirnfalte, über die meistens rechte Locken des linken Scheitels fallen. Sie zieht ihn mit einer Hand nachlässig nach.
In den Lautsprechern beginnen leise Bässe zu vibrieren, wallen übers Tanzrondell und kriechen ins Schaumgummi der Sessel und Bänke. Die Revuekugel steht still. Einer ihrer Blitze verharrt auf dem Abbild eines Löwen.
Ein kleiner, silberner Löwe ziert das Dekolleté des Mädchens. Ziert ihre goldene Haut, den Ansatz ihrer Brüste. Sie werden umrahmt vom tiefroten Samt ihrer Bluse. Ein Siebziger-Jahre-Modell. Mit Trotteln an den Ärmeln. Jetzt lächelt sie in sich hinein, pustet sanft gegen die einsame Flamme der Kerze. Zwei Marilyn-Monroe-Poster von Warhol links und rechts an den Wänden verblassen noch mehr am Weiß dieser ebenmäßigen Zähne.
Das Mädchen sieht zur Bar, und der tropfenförmige Ohrring beeilt sich, ihrer Kopfbewegung nachzukommen. Sie fixiert niemanden, alle fixieren sie.
Dann atmet ihre Brust sichtbar tief durch, so sichtbar, daß man, weil die Boxen schweigen, vielfaches Räuspern hören kann. Eigentlich verliebte junge Männer warten auf den, der es wagt. Verliebte junge Frauen warten, mit der ihnen eigenen Spannung, mit.
Phil Collins ist im Himmel dieser Nacht.
Tatsächlich, einer tut es. Er harrt aus, bis sie ihre Zigarette vom Kellner angezündet bekommen hat. Ein weiteres Glas Wein steht auf dem Tisch.

»Möchten Sie tanzen?«
»Wie?«, fragt das Mädchen und klopft mit beiden Händen auf die Lehne des Rollstuhls. Ihr Lachen ist laut, fast fröhlich. Und hört sich unsagbar grausam an.

Ein Punk

Ich sitze kaum eine halbe Stunde in den »Berliner Kaffeestuben« unweit der Weltzeituhr und habe schon bestellt. Der Himmel sieht aus wie im November, die Luft riecht nach April. Als ein paar Tauben auffliegen, sehe ich das Portemonnaie. Es ist abgewetzt, offensichtlich schwer von Kleingeld, und einer alten Frau aus der Tasche gefallen. Diese eilt, ohne es bemerkt zu haben, mit energischem Schritt weiter. Der große Einkaufsbeutel läßt mich ihre Heimat in Fürstenwalde oder Bernau vermuten. Ihre Kleidung ist schwarz, unauffällig, vielleicht die einer Witwe, welche hernach nicht wieder heiraten wollte.
Sie könnte Elfriede Meier heißen oder Gertrud Schmidt, denke ich und will über den niedrigen Zaun springen, ihr nachlaufen, als meine Bestellung kommt: Eine Tasse Kaffee und eine Burgkrone.
Gleich bezahlen, bitte, wer hat hier schon den Überblick, meint die Kellnerin und sieht mich dabei an wie einen potentiellen Zechpreller. Acht Mark neunzig.
Zehn Mark geben ich hin; Elfriede oder Gertrud verschwindet zwischen den Wartenden an der Uhr. Die Geldbörse bleibt zurück, prall auf dem feuchten Pflaster. Schritte um sich herum, Blicke auf sich gerichtet. Nicht nur meine. Mehrere Passanten sehen sie, sehen in die Runde, sehen mich, werden verlegen und gehen schnell weiter.
Es ist, als hätte ich das Portemonnaie an einer Angelschnur. So fällt mir die Rückkehr von Elfriede oder Gertrud nicht gleich auf. Sie trägt zudem eine andere Brille. Sorgenvoll sucht sie den Boden ab. Nichts Resolutes ist mehr an ihr. Ungefähr zehn Meter trennen sie vom kunstledernen Eigentum.
Da entdecke ich den Blick eines Subjekts. Abgerissene schwarzer Ledersachen, Haare – ein Rest von Haaren – in allen Regenbogenfarben und steil aufgerichtet wie ein Hahnenkamm. Mit gierigen Augen sieht es zum Portemonnaie.
Gertrud oder Elfriede hat höchstens noch fünf Meter; ich bange. Da! Das Subjekt geht los. Endspurt. Zielgerichteter Schritt schwarzer spitzer Schuhe gegen unsicheres Trippeln. Zwei Meter noch. Beide!

Doch sie gibt auf, schüttelt traurig die grauen Haare, atmet tief ein und wendet sich ab. Das Subjekt, der Schurke, hebt das Portemonnaie auf und öffnet es. Triumphierendes Lächeln breitet sich auf seinem Gesicht aus. Schlagen sollte man ihn!
Ratlos sieht die alte Frau zur Uhr und kramt verzweifelt in der Handtasche.
Der Schurke eilt los und ... gibt ihr das Portemonnaie.
Elfriede oder Gertrud winkt dem Punk lange hinterher. Ich zahle aus Versehen noch einmal. Als es mir in der U-Bahn auffällt, verstehe ich das Lächeln der Kellnerin.

Zu diesem Thema
die x-te Variante

Was gibt es Schlimmeres als eine Frau, die vor ihrem weithals geöffneten Kleiderschrank steht und nichts Passendes anzuziehen findet, während die Zeit drängt?
Dieselbe Frau vor demselben Kleiderschrank und ein langer Frühlingsvormittag.
Meinst du, fragt sie ihn, das kleine Schwarze mit dem Reißverschluß vorn? Sie fragt kaum wirklich.
Ein wenig kurz, meint er, die Frage provozierend: Sind dafür meine Schenkel zu dick? Etwa?
Der Mann der Frau legt vorsichtig die »Berliner Zeitung« beiseite. Beim »Spiegel« rascheln die Seiten nicht so. Die Flügeltür zum Schlafzimmer steht offen, so daß er wenigstens sitzen kann wie sonst vorm Fernseher. Gemütlich, die Tasse Kaffee in seiner Hand.
Das graue Flanellkostüm? Sie zeigt sich darin, auch um zu kontrollieren, ob DSF ohne Ton läuft.
Elegant, will er sagen, als sie sagt, du wirst elegant sagen. Sie schlüpft daraus heraus und sieht begehrenswert aus. So sinnend vor den aufgeklappten Spiegeltüren. Vier Meter Schrank. Eine Garage fast, denkt er und dann an sein Auto unter der Laterne. Wibald heißt das Wetterhoch, Tauben gurren.
Sie hat drei Hosenanzüge. Einen an. Anthrazit. Den weißen hält sie links hoch, den dezent braunen rechts.
Rechts, entscheidet er spontan. Zu spontan. Weiß, fragt sie stirnrunzelnd? Von dir aus gesehen, beeilt er sich schlau, und alles ist wieder offen. Ich weiß nicht.
Sie weiß nicht und steht abermals fast nackt in nachdenklicher, selbstvergessener Pose da. Auf hohen Schuhen. Der Spiegel ist uninteressant dagegen. Der »Spiegel«! Das rote Kleid reißt ihn aus seinen Gedanken. Sie knöpft es zu bis übers Knie.
Nein! Nein? Warum?
Was gleich gibt es wieder Neues über die Gauckbehörde zu erfahren, über den BND, über Umweltkatastrophen?
Leise scheint die Maisonne. Den Tauben ist nach Frieden, sie fliegen eilig davon. Natürlich steht Schumacher auf der Pole-

position. Zwei Sender weiter läuft das »singende, klingende Bäumchen«.
Ich zieh Jeans an, stellt sie sich trotzig vor ihm hin. Blaue! So!
Da glaubt er, sei sein Part gekommen. Stubst auf den roten Knopf erst der einen, dann der anderen Fernbedienung, schiebt die Zeitungen von sich und nimmt die Brille ab.
Bitte, spricht er bedacht, bitte denk daran, daß wir heute nachmittag zur Beerdigung deiner Tante gehen.
Für das Tausendstel eines Augenblicks, für den Hauch eines Hauches wäre ihm Recht zuteil geworden.
Die Luft zittert aber, ihre Augen leuchten auf:
Ich hab doch gleich gesagt, ich nehm' das kleine Schwarze mit dem Reißverschluß vorn!

Im Moment

Mein Vorfahr blieb Fischer und mit seiner griesgrämigen Frau ein bitteres Ende lang zusammen. Sie wohnten wortlos, aber voller böser Blicke im umgedrehten Pißpott, ewig wie aus gegenseitigem Trotz. Die Wände waren gelb.
Mein lebenshungriger Freund wollte immer nur einen Wunsch: so haben eben alle Elfen ihre Schenkel breitgemacht. Neulich ist er nicht alt geworden. Sein Hunger hat ihn das Leben gekostet.
Mein Bruder im Geiste beschwört Flaschengeister. Erfolgreich. Sie fliegen aus Bocksbeuteln, entweichen zischend Sekt, entperlen Schaumwein, torkeln aus umgefallenen Schnapsflaschen. Sie scheinen nur dienstbar, sie machen Blicke leer.
Meine Tochter küßt Frösche zu Prinzen. Manche. Aber sie ist modern, vorsichtig und deshalb unromantisch. Have fun, sagt man. Wir sehen uns selten.
Mein Neffe rechnet. Momentan addieren und subtrahieren. Er zieht sein Alter von meinem ab, um erfreut festzustellen, daß ich vor ihm sterbe. Wenn's mal so einfach wäre! Er will Computer, keine Märchen, keine Zauberin.
Mein Fernseher läuft ständig. Die Gardinen sind traurig, die Tapeten gelb. Mein Auto seufzt müde, bevor es funktioniert. Der Wecker knackt bloß noch. Trotzdem werde ich wach und brauche kein Licht auf dem Weg zum Bad. Aus der neuen Zahnbürste wird eine blondhaarige Fee. Sie sitzt kokett neben dem Rasierapparat. Mein Nachbar hat einen Hustenanfall, und sie hält sich anmutig die spitzen Ohren zu. Vorsichtig nimmt sie die Hände wieder herunter: Du weißt Bescheid?
Ich nickte: Drei Wünsche. Sie nickt ebenfalls sehr ernsthaft: Und keine Tricks, du weißt schon – hundert Wünsche frei oder ewig leben, Glück für alle ... Ihre grünen Augen leuchten, ihre winzigen Brustwarzen stechen aus ihrem welligen Haar hervor, und mir fällt auf, daß die Gasheizung ausgegangen ist.
Da geht sie von selbst wieder an.
Die kleine Fee lacht: Soll ich jetzt die Kaffeemaschine in Ordnung bringen, das Bügeleisen, die Wechselschaltung im Flur?
Sie macht mir angst.

Sie lacht weiter, und wäre das Bad gefliest, würde ihr Lachen hallen. Ihr Lachen hallt im gefliesten Bad. In der Küche tropft der Kaffee durch den Filter. Und alles ist fehl am Platz.
Laß es sein, wünsch ich mir.
Und alles ist wie immer. Mein dritter Wunsch.
Zuerst verblaßt ihr Lächeln. Daß sie hübsche Beine hatte, bemerke ich erst jetzt, da sie durchscheinend werden und verschwinden. Ihre sorgenvolle Stimme bleibt: Was willst du?
Der Nachbar hustet wieder.
Ich presse meine Hände an die Schläfen und brülle so laut, ich kann: Wunschlos sein!

Totalausfall

Die Uhr tickt weiter, weil sie mechanisch funktioniert. Ein Radiowecker wäre einfach nur still geblieben. Die Bogenlampe geht aus, der Gasboiler verkündet knackend das Erlöschen seiner Standflamme, und der Teekessel verstummt. Fernseher schweigen in Wohnzimmern. Die steten Tropfen verenden.
Ein Kugelschreiber verharrt in der Hand des Mannes, der seinen Abschiedsbrief schreibt. Das Haus ist still. Radios und CD-Player dröhnen nicht mehr, Föne und späte Waschmaschinen sind stumm.
Dafür hört man Leute auf der Straße lachen, bellen Hunde, stimmen Kater Liebeslieder an. Unterm Dach nutzt das junge Pärchen seine eigene Energie. Lauthals. Wie wir früher, denkt der Mann und legt den Stift leise in die Dunkelheit, seitwärts des Briefes, der ihm eben noch so am gebrochenen Herzen lag.
Weil die Ampel auf Grün steht, fliegen nur Musikfetzen aus den Lautsprechern eines GTI vorbei. Born to be wild.
Born, denkt der Mann sich erhebend, um Kaffeewasser in seine Tasse zu gießen. Er stößt gegen die Tischplatte und die Tabletten rollen davon, sie springen über das Linoleum des Fußbodens, bevor schließlich jede einzelne ihr Versteck findet. Schicksal, denkt er und lacht so laut wie seit Wochen nicht mehr. Die beiden über ihm verstummen kurz, lachen dann aber auch. In den übrigen Etagen werden Kerzen entzündet. Flurtüren öffnen sich, Fremde reden miteinander.
Das Haus ist dunkel, ohne Wasser. Still ist es nicht mehr. Jede Etage betreibt ihre eigene Konversation. Teelichter werden hervorgeholt und Taschenlampen. Die Kinder erwachen. Sie spüren die neue Wärme und laufen von oben nach unten, von unten nach oben. Bis ganz oben. Schnell begreifend, was man Erwachsenen in Bademänteln vom Lärm Verliebter berichten kann.
Gläser klirren, Flaschen schlagen aneinander. Laut wird das stille Haus. Bemerkungen von Stockwerk zu Stockwerk werden weitergereicht, neue Gesichter mit Applaus empfangen. Die Irrlichter der Taschenlampen sind aufeinander eingespielt. Endlich erscheinen auch Julia plus Romeo. Sie sehen so herrlich

verwirrt aus, daß die anschwellende Heiterkeit fast den Treppenschacht sprengt. Fast.
Dann wird es hell.
Die Starter der Leuchtstoffröhren zirpen, die Kinder werden gerufen. Sie erahnen den seltenen Moment ihrer Eltern, bevor sie, Maulschelle oder nicht, ins Bett verschwinden.
Die Bademäntel flüchten voreinander. Und doch bleibt ein Geruch von Herzlichkeit zurück, der Wunsch, sich lächelnd grüßen zu können. Als im Parterre jemand ein fröhliches Schlußwort ruft, schließen die Türen sanft. Keiner will mehr fernsehen, und die Wohnzimmerlampen sind plötzlich unangenehm hell. Etwas, wie Melodie, schwebt durchs Treppenhaus. Von unten nach oben, von oben nach unten. Fast ist es still.
Der Mann hat seinen Abschiedsbrief mit dem wiedergekehrten Wasser im Klo heruntergespült. Er schläft. Hört nicht das gewohnte Ticken des Weckers, nicht das metallene Klicken der Gasuhr. Weiter brennt die Kerze, bis das Gemisch aus Stadtgas und Luft ausreichend explosiv ist.

Aphorismen

»Tote schweigen länger«
nach Simonow fürs Fernsehen
»Die Lebenden und die Quoten«
oder Norman Mailer
»Die Nackten und die Quoten«

*

Wer sich als Mann für Architektur interessiert,
wird in fremden Städten nicht dauernd
alte Häuser anstarren.
Es sei denn, er ist mit seinem alten Haus unterwegs.

*

Fröhliche, ausgeglichene Ehefrauen treiben Sport, gehen zur
Kosmetik, haben einen Liebhaber und leben länger als du.

*

Beduinen schwören auf die Treue ihrer Dromedare.
Kamelen mißtrauen sie.
Die haben zwei Brüste.

*

Die Wahrheit ist ein Brot, von
dem ich nicht weiß, da es sich
aufbläht, ob es mir schmeckt.
Ich weiß auch nicht mehr, ob ich
Hunger besitze.

*

Mir ist es egal, schreibt
Wissen mit Runen in der Mitte, und
ich will dies geschehen lassen.

*

»Der Stein, der mir vom Herzen fiel,
zerschlug das Gewissen, vor dem ich
kniete.« oder »Mathe 5.«

*

Ein Kommentar zum großen Eisenbahnunglück,
das sich 1924 ereignete.
»Der Wärter, der die Gleise richt',
tat seinen Dienst des Abends nicht!«

*

Warum manche Dichter dem Selbstmord
entgehen.
»Nicht jeder, der am Abend schreibt,
hat sich am Ende selbst entleibt!«

*

Merkwürdig, daß viele Dichter einen phantasielosen Freitod wählen.
Hemingway versuchte wenigstens, in den Propeller eines Flugzeuges zu laufen.
(Mich hätten, wenn es ihm gelungen wäre, seine letzten, abgehackten Worte interessiert!)

*

Ich sprach mit Pater Noster, als er auf dem Weg nach oben war.
Später sah ich ihn nicht mehr.

Atlantik

So hoch steigt das Wasser nicht, widersprach sie und begann Sekunden später, leise zu schnarchen, weil er gesagt hatte, daß Schlafen in der Sonne ungesund sei. Der Mann dieser Frau setzte sich auf den Felsblock zwei Meter weiter, einen Meter höher. Pünktlich kam die Flut, immer weiter rollten die Wellen herauf und glätteten den zertrampelten Strand, zerstörten die Sandburgen weinender Kinder, eifriger Väter. Wenn das Wasser zurückfloß, hinterließ es glänzenden Sand, der die Konturen jeder Welle behielt, gleich trocknete, stumpf wurde und wie ein Schatten hinterherlief. Zugleich kam jedweder Unrat, – Zigarettenkippen, Blechdosen, Taschentücher etcetera – angeschwemmt, ein Fingernageldruck Zivilisation.
Ein buntes Treiben entstand, Badetücher, Gummitiere, Bastmatten und schwerhörige Schwiegermütter wurden von hysterischen Männern ins Trockene verlegt. Eine von ihnen hatte dabei den Autoschlüssel verloren. Weitab schon stand jemand, also gebückt, im hüfthohen Salzwasser. Man sah ihm an: die Mutter seiner Frau wäre leichter zu finden gewesen, hätte man jene ebenso dringlich vermißt.
Der Mann der Frau riß den Blick los. Im Vergleich zu allen übrigen Stränden war es leer hier, da eine gelbe Tafel vor dem alten verlassenen Leuchtturm warnte: Einsturzgefahr. Siehst du, hatte die Frau des Mannes gesagt, es gibt eben doch Stellen, wo wenig Leute sind. Um später angesichts der warnenden Tafel mit weiblicher Logik zu kontern: wären dann so viele Leute hier?
Weil drei Wolken kamen, kam mehr Wind, kamen Schaumkronen und Brecher. Einer davon brandete am Felsblock. Du rauchst zuviel, murmelte die Frau schlaftrunken, Halbinsel geworden, als gäbe es eine Bresche ins Meer.
Das Feuerzeug versagte dementsprechend bei nassen Zigaretten seinen Dienst, derweil wieder Sonne schien. Die Flut ebbte, als der Leuchtturm zu kippen begann mit dem Geräusch von Sandkörnern zwischen den Zähnen. Bei einer gewissen Schräglage stürzte das Kuppeldach pfeilgleich ins flache Wasser, dann lockerten sich die Felssteine des Fundaments, gebrannte

Ziegel wurden roter Staub, die gewaltige, fast sechzig Meter hohe Konstruktion rutschte weiter, verbarg, wie es der Zufall wollte, die Sonne und warf einen gewaltigen Schatten. Stumpfe Fenster zersplitterten, die Möwen verließen ihre Nester scharenweise, ein einzelnes Ei kullerte herunter, zerplatzte und gebar fliegenden Nachwuchs.
Panik, eine Männererfindung, geht so schnell, sie kommt. Der Leuchtturm verharrte, er schien stabiler denn je.
Fatalistische Frauen stopften Lippenpomenade und Postkarten in die zurückgelassenen Oberhemden ihrer Gatten.
Dann fahr ich eben mit ihr nach Pisa, murmelte ein Schwede ohne große Hoffnung.

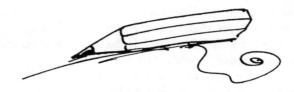

Geparkt

Ich blute. Ich halte meinen rechten Zeigefinger vor mir her und habe Angst davor, den halb abgequetschten Nagel sehen zu müssen. Der Golf steht jedenfalls halbwegs sicher. Morgen kaufe ich eine andere Lenkradklemme und/oder telefoniere mit der Versicherung.
Mir ist nach Fernsehen ohne Ton. Einem Toast mit zerlassener Butter, lediglich zwei dünnen Scheiben Käse drauf, dazwischen halbierten Tomätchen. Den Zeigefinger verbinde ich mit sauberem Mull, rufe Britta an, damit sie sich morgen meiner annimmt. »Date«, sagt man jetzt; sagt sie auch.
Das rechte Kabel meines Kopfhörers verhakt sich im Gebüsch, reißt mir »Block Buster« von den Ohren.
Er steht vor mir. Er trägt einen uralten Parker, Winterschuhe, Cordhosen. Seine Haare strähnen über das zerfurchte Gesicht. Zwei Schritte weiter liegt seine Habe in einem Einkaufswagen, die Hand mit der Pistole zittert.
Seine rechte Augenbraue ist durch eine feine Narbe gespalten, halbkreisförmig läuft sie bis zum Haaransatz, wo er vor zehn oder fünfzehn Jahren war.
Geld, sagt Hans Peter.
Wir hießen damals auch Klaus Dieter oder Oliver oder Mike. Wir hörten transportable Radios, wir lagen im Sommer am See. Wir stehen schweigend. Zwei Meter getrennt und doch fast aneinandergelehnt. Sein Atem riecht schlecht in der klaren, kalten Luft.
Er war nicht der Klügste. Er war der, den wir mißachtet haben. Immer zu spät dran, kein Mädchen hat sich für ihn interessiert. Unteres Maß beim Sport, jeweils der Letzte beim Aussuchen einer Fußballmannschaft. Auch noch ein Stotterer. Die Laterne scheint nur sehr in mein Gesicht.
Meine Idee damals war zu lachen, wenn er versuchte mitzureden. Wir haben im Chor gelacht. Die Mädchen mit.
Er hat geraucht deswegen und Mopeds geklaut.
Er hat immer noch Pickel.
Mein Handy fiept.
Seine Schreckschußpistole ist lächerlich.

Um besser zu sehen, trete ich in den Lichtkegel der Laterne.
Sie flackert.
Das ist seine Chance zu verschwinden.
Quietschend schiebt er sein Leben über die Platten des Gehwegs. Ich lache ihm hinterher, laut.

Der Mensch, der liegt

Die Sonne speit mir ihr Licht in die Augen. Schweißtröpfchen kriechen aus den Poren und vermehren sich zu einem schlierigen Film. Das Meer riecht unrein nach Urin. In die Ellenbogen beißen mich Sandkörner wie übergroße Millen.
Der fette, ölige Mann ein Badetuch weiter, ist ächzend eingeschlafen, gelblicher Speichel trocknet zwischen seinen Bartstoppeln.
Möwen kreischen und lassen ihren Kot fallen, ein schwammiger kleiner Junge zerpinkelt die Sandburg zu meinen Füßen.
Der fette, ölige Mann hat einen Hustenanfall, der wie Erbrechen klingt. Er erwacht aber nicht, kratzt sich nur die Hoden und beginnt zu schnarchen.
Die Hörner der Autofähre klingen dumpf. Kleine Wellen am Strand spielen mit gebrauchten Wegwerfwindeln. Lascher Wind weht den Gestank verfaulter Quallen aus einem gelben Plastikeimer herüber.
Fischleichen schaukeln sanft in der Dünung.
Die fette Frau des öligen Mannes untersucht ihre hängenden Brüste. Mir schwant, sie findet Pickel und drückt sie leise quetschend aus. Mich überfällt Übelkeit, das Buch fällt aus meinen Händen.
Im nächsten Urlaub lese ich nicht wieder Bukowski.

Himmlische Ruhe

Er will nicht genannt werden, sitzt deshalb namen- und gesichtslos in seinem Büro nahe der S-Bahn-Gleise und denkt nach. Weil die kreisenden Blätter eines Hubschraubers alles andere übertönen – Autos, das Kreischen der Straßenbahn, ferne Flugzeuge.
Über den Lärm denkt er nach, statt eine getroffene Entscheidung durch Unterschrift zu besiegeln.
Läßt in Gedanken den Hubschrauber verschwinden. Dann das Ratam-Ratam der Stadtbahn, weiterhin dreiachsige Busse, selbstschließende Türen. Merklich ruhiger wird es erst, als auch Düsentriebwerke verstummen. Der im Amtszimmer genießt, lehnt sich, soweit es der Stuhl zuläßt, zurück.
Zurück läßt er Kanonendonner zweier Weltkriege, das Brummen der Bomber, krepierende Granaten. Dann stoppt er den Lauf der Benzinmotoren. Säbelrasseln verklingt ebenso wie das Dröhnen und Zischen einer Dampfmaschine. Verletzte Pferde wiehern, von Pfeilen getroffen. Galopp auf entstandenen Straßen, Schlachtrufe. Jemand schmiedet Eisen, kurz davor Bronze. Sterbende Sklaven bauen Pyramiden, weil ein König sterben wird. Mammutjäger schlagen Trommeln durch den Wald.
Im Büro sitzt er und wünscht sich die Todesschreie erjagter Tiere weg.
Und es wird ihm himmlische Ruhe; himmlisch leichter Lärm aus Vogelgezwitscher und herbstlich aneinanderknisternden Blättern. Flüsternd brechen Wellen an Meeresufern. Weiter, denkt er in seinen still gewordenen vier Wänden, müßte man zurück. Vorbei an großen Sauriern, deren Füße die junge Erde erzittern ließen. Ganz leise wird es wie sanfter Wind. Nicht einmal Vögel hört er mehr auf sonnigen Wiesen in den lichten Wäldern. Es herrscht himmlische Ruhe. Die Ruhe des Paradieses ... »Eva, wo in Gottes Namen, hast du mein verdammtes Feigenblatt hingetan?!«
Da sind sie alle wieder: Saurier, Dampfmaschinen, S-Bahnen, und endlich ertönt die Sirene zur Mittagspause.

... aber wahr

Vor Sonnenaufgang hat es geregnet, so stark, daß die Luft jetzt feucht und spürbar ist. Über der Stadt liegt eine zufriedene Sommerträgheit. Fast alle, die ihre Fenster geöffnet hatten, um zu sehen, wie warm es ist, haben sie offengelassen.
Zwölf Uhr dreißig in Berlin. Aus den Supermärkten kommen eilig die Verkäuferinnen, aus Hausfluren dringt der Geruch von Kohlrouladen, panierten Steaks oder lieblosen Tütensuppen. Ein ganz normaler Samstag im Kietz. Wir, Männer unterschiedlichen Alters, aber mit ähnlichen Plastetüten, betrachten ihn von der Terrasse unserer Stammkneipe. Bei einem Bier, in Erwartung des Mittagessens zu Hause.
Jeder kennt hier jeden, das Gespräch geht von Tisch zu Tisch, Erwin, der Kellner, nie ohne eine witzige Bemerkung, an uns vorbei. Backfische kichern, bei manchen hübschen Mädchen wird es leise, und ältere Frauen rümpfen die Nase, der gefüllten Gläser wegen. Wir lachen.
Ein mit Schutt beladener Kipper donnert heran. Das Gesicht des Fahrers ist hinter der staubbeschlagenen Scheibe nicht zu sehen. Erste herabgefallene Blätter wirbeln auf, vermischt mit Dreck aus Pflasterfugen. Wir halten unsere Hände über die Biergläser. Dann winselt es, während der Laster aufheulend anfährt.
Ein kleiner weißer Hund winselt. Sein Rumpf ist von den schweren Rädern zermalmt worden, ein blutiger Brei. Mit den Vorderpfoten stemmt er sich auf, kippt aber jedesmal wieder zusammen. Das Winseln wird zum Heulen, zum Schreien. Er schafft es jetzt vorwärtszukommen, schleppt den Rest seines Leibes, die zerquetschten Gedärme hinter sich her. Begierig flutet Blut das Fell und färbt den weißen Mittelstreifen. Kurz hinter ihm bleibt der Hund liegen. Leise wimmernd fällt ihm sein Kopf zwischen die Vorderpfoten, an denen mehr und mehr sattes Rot vorbeifließt, bis es eine Pfütze bildet.
Die Mädchen der nahen Schule haben aufgeschrien, geweint und sind davongerannt. Von den älteren Frauen treffen uns wieder vorwurfsvolle Blicke.
Fröhlich zwitschert ein Amsel. Wir wissen mit unseren Händen

nicht wohin, mit unseren Worten nichts Rechtes zu sagen, zahlen also und gehen.
Zu Hause riecht es angenehm nach Kohlrabi-Eintopf, aber ich habe nur mäßigen Hunger. Im Fernsehen laufen die Nachrichten. Meine Frau dreht den Ton weg, während ich erzähle. Stumm flimmert das Bild eines fernen Krieges, dann das eines verhungernden Kindes in Afrika. Ich höre auf zu reden. – Weil jetzt der Wetterbericht kommt, und wir wollen noch aufs Grundstück fahren.

A kind of optimism

Myriaden von Sonnen stürzen ineinander, Sternenvölker verbrennen, ohne sich kennengelernt zu haben. Flammen zerstören das Nichts, die Seifenblase hat ja kein Spiegelbild.
Tja.
Kinder töten Eltern, Eltern fressen ihre Kinder auf. Die Erde hat Hunger. Die Erde ist ein schwacher Flügel, von Läusen durchsetzt und viel, viel zu schwer für den Himmel.
Was soll's.
Europa hat sich nie entspannt, Asien sich nicht geöffnet, der Orient nimmt sein Geheimnis mit ins Grab. Nun denn ... Leb wohl, Amerika.
Meine Mutter wird verenden, und zerfaselte Sprachfetzen rinnen ihr dabei aus den Mundwinkeln.
Hm.
Die Frau, die ich liebte, vergeht – und vergeht sich an einem fremden Mann. Schon jetzt wird sie häßlich. Alle, die ich liebe, vergehen und werden häßlich wie Schnittblumen.
Mein bester Freund erblindet vollends.
That's the way it is.
Zum Glück bleibt das fern. Die Krankenschwester ist gütig, weil – oder obwohl – ihr ein Backenzahn fehlt.
Die Arme.
Alles Leid der Welt steht nun bevor: Kriege, Begräbnisse, Hochzeiten, Geburten, schlechter Atem ...
Mir ganz egal.
Ich sterbe ja jetzt.

Liebesbeziehung

Das Wetter paßt nicht zu meinen Empfindungen. Mittagssonne, Schäfchenwolken und satt blauem Himmel vor dem großen Fenster. Was nutzt muntere Heiterkeit lärmender Kinder davor, wenn man über eine zerbrochene Beziehung nachdenkt. So intim wir vorgestern noch waren, so weit sind wir jetzt voneinander fern. Aber zwei Jahre sind doch keine Kleinigkeit. Zwei Jahre bedeuten, sich kennenzulernen, Dinge gemeinsam staunend zu betrachten, etwas Gewöhnung und wachsende Zuneigung. Alles vorbei. Für immer? Oder gibt es einen Weg zurück? Den wir beide gehen könnten, ohne einander viel entschuldigen zu müssen... Wir wollten doch tolerant sein! Anders als alle anderen. War das falsch? Liegt der Fehler nur bei mir? Damals nahm ich das nicht übel, das mit Klaus. Meinen kurzen Flirt, mein nur leichtes Zwinkern zu Ulrike nimmst du so ernst. Aber das sind nur Äußerlichkeiten!
Natürlich habe ich auch ferngesehen und war mit Kumpels unterwegs. – Wenn man so nachdenkt, wächst das schlechte Gewissen.
Denkst du genauso nach? Immerhin bist du ständig bei Elke gewesen. In Ordnung, sie ist deine älteste Freundin ... Ich konnte sie trotzdem nie leiden. Sie hat dich verleitet, wieder einmal allein tanzen zu gehen beziehungsweise mit ihr. Wer ist nun schuld? Schuld an dieser verfahrenen Situation.
Mir würde Hagel nichts ausmachen, im Regen laufe ich durch die Straßen, denke an dich und halte die Zigarette in der hohlen Hand. Meinen Eltern sind wir egal, die bieten keine Hilfe. Deine kennen mich kaum. Redest du über mich? Denkst du so intensiv über mich nach wie ich über dich? Monika, bitte komm zurück! Ich brauche dich.
Sieh nicht dauernd so an mir vorbei, wenn wir uns schon mal treffen. Denn du gehst mir aus dem Weg. Unsere Beziehung war so stark und ist dann so laut, so knirschend laut zerbrochen.
Ich blicke zu dir rüber, aber du bemerkst meinen Blick nicht. Bitte, Monika, sieh mich an! – Und starre nicht zu dem doofen Neumann nach vorne. Biologie wird doch erst nächstes Jahr, am Ende der achten Klasse, interessant.

Die sanfte Glut der Abendsonne

Die Serpentinen sind feucht und Frühlingslaub rutscht unter den Reifen weg. Das Paar schweigt. Er hat das Radio ausgestellt, weil er mißtrauisch auf den unruhigen Lauf des Motors hört. Sie schweigt, weil sie etwas sagen möchte. Die Toskana liegt unbeachtet wie ihre verlassenen Gehöfte und vergrasten Äcker. Es ist schön hier, eigentlich. Vor den letzten steilen Metern zum Bergrücken setzt der Motor endgültig aus. Da das zu erwarten war, zieht er ohne Panik die Bremse. Sie legt ihre Hand um seine, um ihn am Neustarten zu hindern. Das Gespräch hätte irgendwann kommen müssen, weshalb also nicht hier. Ein paar Tropfen fallen aufs Dach, kein Regen, der Wind schüttelt die Zweige.
Zypressen, sagt er, ihrer Frage zuvorkommend, öffnet das Fenster und zündet sich eine Zigarette an. Ein Urlaub heilt keine ermüdete Ehe. In der fremden Umgebung wird man sich des alltäglichen Charakters der Beziehung eher noch bewußter. Sogar das gemeinsame Lachen wirkt gespenstisch voraussehbar. Scheinbar eine aufeinander eingespielte, funktionierende Maschine, aber die Teile sind miteinander alt geworden und versagen fast gleichzeitig ihren Dienst. Automatisch faßt er zum Zündschlüssel, dreht ihn aber nicht um, sondern erzählt ihr seinen Gedankengang. Sie lächelt und da er beschäftigt ist, das Fenster hochzukurbeln, sieht sie ihn heimlich an wie früher. Wir haben uns die Reise gegenseitig eingeredet, geht ihr durch den Kopf. Die Vorbereitungen waren noch das Schönste. Reiseführer kaufen und studieren, Landkarten, über Michelangelo lesen, die Medici ...
Prompt fragt er danach. Nein, sie ist erst bis zur Mitte des Buches gekommen. Laß uns zurückfahren ins Hotel.
Er beharrt trotzig auf ihrem Wunsch: Wir finden schon dieses Restaurant, wo, wie du wolltest, wir im Abendrot sitzen, Wein trinken, essen ...
Und du romantisch darüber sinnierst, was dem Auto fehlt, entgegnet sie. Es springt beim ersten Versuch an, also ist es im Grunde genommen kein Versuch, es springt ja an. Nach ein paar Metern wendet er, nimmt den Gang heraus, und sie rollen

leise talwärts. Ihr Kopf lehnt an seiner Schulter. Ganz kurz erleuchtet die sanfte Glut der Abendsonne den Rückspiegel, bescheint fünfzig Meter höher die mittelalterliche Fassade des kleinen Gasthofes. Der Wirt lehnt in der Tür, genießt die einmalige Stimmung. Das kann er nur an Ruhetagen.

Lächeln

»Beginne den Tag mit einem Lächeln, yeah!«, sagt der Moderator meiner gewohnten Frühsendung und bekommt einen erstickungsartigen Hustenanfall. Tatsächlich, ich lächle. Morgens um sechs.
Selten knackt morgens um diese Zeit der nicht postzugelassene Anrufbeantworter, klingelt es an der Tür. Kommen erst nächste Woche, quäkt meine Verwandtschaft aus dem Lautsprecher, und der atemlose Telegrammbote reicht mir die schriftliche Bestätigung. Frisch geputzt, riecht das Treppenhaus nach Zitrone. Mein Lächeln wird so breit, daß es den Postbeamten zu verschlingen droht. Er flüchtet die Stiegen hinab. Morgens, nicht mal halb sieben, lache ich.
»I wish you were here« von Pink Floyd (für meine Verwandten) gibt mir den Mut zu einem Versuch, diesen, meinen freien Tag lächelnd zu verbringen. Ich klaube alle Zettel unerledigter Dinge von der Pinnwand, hüpfe die Treppe herunter und strahle einen Mieter an, ohne seine Reaktion abzuwarten. Spielerisch junge Schneeflocken tanzen zerschmelzend auf Abgaswolken.
»Is was?«, fragt die Bäckersfrau mißtrauisch. Erdbeer-, Pfirsich- und Mandelschnitten sind alle, der Windbeutel ohne Sahne kostet den gleichen Preis. »Nichts«, versichere ich, das Kupfergeld bleibt auf dem Kassierteller. Die Trutzburg des Wohnungsamtes ist geschlossen. Mir gelingt es, an der Regenrinne so weit emporzuklettern, um einen Blick ins für mich verantwortliche Büro zu werfen. Ein Pärchen löst sich voneinander. Fröhlich schwenke ich den Antrag auf Auftrag für die Reparatur von tropfenden Wasserhähnen. Lächelnd. »So nicht«, bedeutet die Wucht eines abrupt heruntergelassenen Rolladens.
»Freitag ist Freitag«, schmunzel' ich mir, damit beschließend, weder KfZ-Schlosser zu behelligen, noch mit der Telekom ein Telefonat zu führen. Den Termin beim Finanzamt lasse ich sausen und gönne meinem lauten Untermieter einen ruhigen Tag. Die Kasko, längst abgelaufen, meldet sich schon selbst wieder. Lachhaft!
Zehn Uhr dreißig, Berlin pulsiert.
»Lachhaft«, murmelt der Student des vierzehnten Semesters

Philosophie und fährt sich mit schartigen Fingernägeln von hinten durch seine strähnigen Haare. »Zehn Uhr dreißig und noch Frühstück!«
Etwas von meinem Lächeln bleibt in der angebrannten Roulade, ein wenig trägt der zukünftige Nietzsche, sich verrechnend, mit seinem Trinkgeld davon.
»Für Wollbündchen«, erklärt mir REWATEX, »kann keiner was.« Was ehemals meine Handgelenke umrundete, erreichte die Länge von Kniestrümpfen Claudia Schiffers. Die Jacke an sich, tröste ich mich, ist kaum verändert, Schulterpolster trägt keiner mehr, und graue Flecken auf schwarzem Grund zeigen trendhaftes Verhalten.
Eine Delegation glatzköpfiger Kollegen kommt herein. Sie sind zufrieden ob der Reinigungsqualität ihrer Jacken und bekunden dies' Heil lauthals. Ich hangele meinem Lächeln übers Scharnier nach, zwischen Tür und Angel bleibt etwas Luft.
Etwas Luft, etwas Atem bleibt. Es bleiben die Gitter der U-Bahn, auf denen man Heere von Monroes erträumt. Oder einfach hübsche Mädchen. Ein Schnorrer entfällt unfotografiert der Kabine, schüttelt die grüne Mähne und bittet um eine Mark. Herrscht mich an, eine Mark zu haben oder Zigaretten. Sein Hund sieht erbärmlich aus. Einem älteren Herrn zerplatzt die Einkaufstüte. Bierdosen rollen durch die Lache einer zerborstenen Flasche Schnaps. Dem ist das unangenehm, er läuft weiter, und die Schnorrer lassen von mir ab, sammeln das Strandgut auf.
Vielleicht ist meine Karte schon ungültig, egal für eine Station. Willig legt sich die U-Bahn in eine Kurve, das Licht flackert. Der Blick des Mädchens nicht, er ist sanft und mitteilsam. Ich bemühe mich, ihm nachzukommen, lächle. Ihr türkischer Bruder aber teilt mehr aus denn mit.
Die junge Krankenschwester schüttelt Kissen auf. Ihr gußeisernes »Peace«-Zeichen schlägt dabei schmerzhaft gegen meine frisch vernähte Augenbraue. Es stört sie nicht. Mein Lächeln ist vergipst, meine Kiefern sind aneinandergeflochten. So heilen sie.
Ein Zivi hebt Bettpfannen aus. »Geschieht ihm recht«, sagt er zur Schwester, »wieder so ein Macho, der Ausländer angemacht hat.«

Relation

»Ich auch«, vertraute ihm die Verkäuferin in der Weinabteilung auf sein Geständnis an, lieber Bier zu trinken. Dann suchte sie zwei Flaschen roten Bordeaux heraus, den »junge Mädchen gerne trinken«. Und er flüchtete damit ihrem Blick.
Die Grundordnung – ein furchtbar militärischer Begriff – der Wohnung hatte er schon tags zuvor hergestellt. Vier Fenster geputzt, zwei Auslegwaren gesaugt, Staub gewischt, der seit zwei Jahren unerreichbar schien und weiter hätte liegen können, hätte Stefanie nicht kommen wollen.
Stefanie, mit der er so gut und andauernd in der betriebsgemischten Kantine über Gott und die Welt reden konnte und redete. Schon fast ein Jahr. Ihr Vertrauen machte ihn stolz, ihre Augen ihn neuerdings nervös, die Figur mal beiseitegelassen. Das Frozzeln seiner Kollegen über den Altersunterschied lief ihm wie Öl herunter. Sie duzten sich seit kurzem, gerade vor den Kollegen.
Ihren und seinen.
Stefanie würde kommen.
Er legte einen Bildband über die Stadt Brasilia möglichst achtlos auf den Tisch. Bestückte den CD-Wechsler mit leichter klassischer Musik, zögerte bei alten Bildern. Ließ sie hängen. Zur Not würde seine Ex-Frau als Patentante durchgehen. Etwas Rauch blies er in den Raum und plazierte Weingläser, Pfeife und Besteck auf den Couchtisch. Kein Essen, hatte sie betont, zu seiner Freude.
Ein letzter Schrecken: Bierflaschen, Pfandflaschen. Es gibt kleine Freuden, dachte er, den Etagenmüllschacht benutzend. Wie hätte es ausgesehen, jetzt zum Müllcontainer zu laufen, noch dazu mit wiederverwertbarem Glas?
Ein letzter Blick, After-shave statt Eau de Toilette, dann klingelte es, dann stand sie da.
Dann standen sie da.
»Das ist Lutz«, sagte Stefanie zu ihrem Freund, »von dem ich dir so viel erzählt habe, der von Arbeit.«
Er hörte seinen Namen, Lutz, wie hallend aus dem Abfallschacht. Das dritte Weinglas zum Tisch zu schmuggeln, war ein-

fach, der Rest eine Katastrophe. Der Umschlag vom Bildband klebte am Tisch und zerriß. Stefanie begriff mit Tränen in den Augen. Ihr Freund ahnte es, unglücklich schweigend. Er mühte sich ohne Sachkenntnis um die streikende Anlage.
Drei Menschen, die dauernd »tja« murmelten, das Bücherbord musterten und ganz kurz vor einem befreienden Lachen standen.
Ganz kurz vor dem Maul des Fahrstuhls: »Tja.«
Er fand, ein Bier suchend, die eingewickelten Blumen für Stefanie neben dem Kühlschrank.
Das war der kleinste Tag meines Lebens, wurde ihm klar. Also, dachte er, muß es ja weitergehen. Und an das Lächeln der Weinverkäuferin.

Nachrichten 1997

Es gibt ein neues Feindwort: »Globalisierung«.
Nicht schlecht gewählt, denn man wird an »total« erinnert, »Vereinnahmung«, Spinnennetze fallen einem ein, düstere Weltherrschaftsgedanken grauer Eminenzen.
Dunkle Mächte, drohender Globus.
Kreischend stehen die Arbeitnehmerchöre vor der dunklen Stimme der Arbeitgeber hier in diesem unserem Land und fürchten doch mehr den Verlust der Billigflüge zur Dominikanischen Republik. Oder zu Ballermann 6.
Wer hat eigentlich den Begriff »Politverdrossenheit« geprägt, erfunden oder propagiert?
Hans Meiser? Zwischen 16 und 17 Uhr?
Ulli Wickert sagt: Das Wetter! Die Nation lächelt betäubt, während ein Präsident namens Roman oder Herzog rechtschaffen naiv versucht, populistische Gedanken zu formulieren, bindend zu sein.
Ein lieber Schulbub, mehr und mehr durchschaubar.
Vielleicht sogar ehrlich verzweifelt, bemüht.
Wen kümmern alte Ostgrenzen noch wirklich, während »Subarus« Stern aufgeht?
Zwei bis drei Triebtäter lenken ab. Wir selbst stellen Demokratie in Frage. Schlagt ihnen die Schwänze ab!
Weinende Kolonnen unserer europäischen belgischen Mitbürger stürmen Kinder, stehen an und leisten Unterschriften.
Kondolenz. Gemeinsames Entsetzen.
Schluß jetzt! Kinder schützen!
Wie war das denn voriges Jahr?
Der kleine Junge auf den Schienen, in England?
Wetterbericht, Lohnnebenkosten, Steuerflucht und Tennis. Die Stars im Ausland. Ach ja, Belgien. Ferrari und Schumacher II.
Wo der wohl leben wird.
Biolek kocht sich wund. Schäubles Gesicht zuckt immer weniger: Einsicht, Weitsicht ... Resignation?
Die Welt scheint schuld. Die globale Welt.
Gegen uns gerichtet. Unsere Eltern sind potentielle Pflegefälle anonymer Heime.

Wir sind absehbare Pflegefälle.
Dabei wäre es so einfach: nicht die Rentengrenze nach oben sondern die Altersgrenze nach unten festlegen. Den gesunden Volkskörper schaffen.
Das war zuviel Scherz.
Anderen geht's viel schlechter. Schwitzende Menschen anderer Erdteile bauen für Hungerlöhne jene Autos zusammen, die wir uns, auch wenn sie billig sind, niemals leisten können, als Arbeitslose. Global gesehen.
Das Wetter!

Ember, ober, ember, ember

Das Licht eines Novembermorgens schmeckt durchs Fenster wie abgestandener Rahm der Zeit. In sich lächelnd schwebt süßlicher Smog zu den tiefen Wolkenbänken. Die Busse ächzen, die Bahnen kreischen vernehmlicher. Der Nachbar hat seine Allergie abgelegt und hustet sich ins Badezimmer. Südwärts ziehen die Vögel, eine Taube fällt tot von der Regenrinne. Sie wird mit Fußtritten bedacht und von Herbstblättern bedeckt, die jemand zusammenfegt. Den Straßenkatzen kriecht Kälte in ihre gelben Augen. Nur das Kamel steht lächelnd in einer Wüste. Raucherhusten quält den Nachbarn, den Ölradiator erinnert das Thermostat an seine Aufgabe. Unverständlich fröhlich poltern Schulkinder Treppenflure herunter. Wenigstens regnet es nicht. Dafür wird es Steuererhöhungen geben. Das Benzin ist ohnehin kaum noch zu bezahlen. Bei Weinbrandbohnen ahnt man die Mehrwertsteuer. Die Omis wollen alle Moncheri. Sie bekommen Cornflakes aus Amerika, aufgeweicht in pasteurisierter Milch. Nach Kalifornien sollte man sie schicken – die Omis. Nun regnet es doch.
Wetter, wie es sich gehört.
Ember, ober, ember, ember.
Die letzten Silben der letzten Monate ... Die TÜV-Plakette verliert ihre Gültigkeit. Wir haben es ja wohl so gewollt. Der Sept' war nicht golden, der Okt' viel zu kühl. Der Weihnachtsbaum wird aus Prinzip und aus einer Schonung bei Erkner geschlagen. Auch wenn die Förster wieder Beamte sind. Beamte Beamte geblieben. Polizisten haben mit Unfällen zu tun und neue Uniformen. Höflichere.
Wetter, wie es sich verdient. Wenn es Herbst ist, hofft man auf Frühling. Wenn's hier kalt wird, denkt man an den runden Tisch.
Ember, ober, ember, ember.
Den Enkeln ist was zu erzählen.
Breiige Milch im zahnlosen Maul. Sie sind dann aus dem Urlaub zurück. Zurück aus Kalifornien. Wo irgendeine Sonne scheint.
Hier tropft der Tropf.
November.
Laßt uns die nächste Revolution in einem August beginnen.

Als wär's normal

Und dabei sollte es eine schöne Geschichte werden ... Schön, weil manchmal auch im Winter die Sonne scheint, Schattenseiten Licht brauchen und selbst der Kanzler gütige Augen hat.
Sie sollte im Bus spielen, im Regen, in der Nacht. Er sollte etwa dreißig sein. Müde hielte er eine ausgelesene Zeitung in der Hand. Sein Anzug wäre modisch, aber den ganzen langen Tag getragen. Eine Quarzuhr würde fiepen, vielleicht sogar eine Melodie spielen.
Herzen sollte die Geschichte erwärmen oder aufbrechen, um Wärme in sie zu lassen.
Sie hätte ein Tuch getragen, so daß man an einen Schleier denkt. Schwarze Augen hätte sie gehabt. Die Hände ineinander geflochten, um Halt im fremden Land zu suchen.
Deutsch würde es regnen, also gründlich. Wie Schüsse fielen Tropfen aufs gelbe Blech.
Nicht zufällig fällt sein Blick auf sie. Mit etwas Mut schaut sie zurück.
Mit einem Mal lächeln beide.
Dann wird es still. Sein Gesicht schweigt abwesend, ihre Hände verkrampfen sich.
Und dabei sollte es eine schöne Geschichte werden.
Er schämt sich seines Lächelns, weil er weiß, daß sie es als Almosen angenommen hat.

Identität, nagelneu

Der Mitte dem unteren Bildrand entsprießend sehe ich einen symmetrischen Kaktus leicht bräunlicher Farbe mit schwarzen Härchen. Darüber erhebt sich ein weibliches Geschlecht, wobei die inneren Schamlippen, der vaginale Eingang, waagerecht liegen. Möglich ist allerdings auch die Deutung eines erigierten Penis samt Hodensack gesehen aus der Froschperspektive im Rahmen einer Gemini Raumkapsel. Umgeben von einem weißen dreiviertel Heiligenschein, den nach unten Extremitäten von Quastenflossern begrenzen.

Die überwiegenden Farben sind: zart rosa, zart grün, zart blau. Der Kaktus, wie schon erwähnt, hält sich bis zu orangebraun und trägt den gerahmten Vermerk: »Bundesdruckerei«.

Nun also bin ich auch laut Papier Bundesbürger, Bürger der Bundesrepublik Deutschland.

Was heißt Papier? Eher eine Skatkarte in Plaste, gefaßt mit mir als Herzbuben. Ein rutschiges Dokument zum Verlieren ohne die Möglichkeit, Zettelchen mit Telefonnummern und Geldscheinen darin zu verstauen.

Damit keiner was Falsches denkt: Die blaue Betriebsanleitung des Staates DDR gefiel mir auch nicht besser, obwohl sie auch aus eben genannten Gründen praktisch war. Und noch deutscher aussah.

»Ungültig« hat die Frau vom Amt, wo sich Einwohner melden, hineingestempelt. »Nicht aufs Bild!« hab ich ihr zugebrüllt. Da seufzte sie, sah mich vergleichend an, Bild und Gegenwart; wir sind uns doch schon mal begegnet, und das war hier, und das ist dreizehn Jahre her. Laut Ausweis.

Zehn Jahre später muß ich wieder hin zu ihr.

05.05.05. Oder besser zwei Wochen vorher. Oder acht. Dann nämlich beginnt, ähnlich wie jetzt, ein Sturm auf die Ämter der Bezirke: die Ossis verlängern ihre Ausweise. Wir haben uns angelächelt. Bei ihr hieß das vertraulich: »Du kannst ihn ja verlieren!«

Den Teufel werd ich tun, zumal ich gelogen habe. Fünf Zentimeter. 1,92 steht eingeschweißt über den braunen Augen, behördlich erfaßt. 1,92 cm! Am 05.05.95.

Schade, daß man sein Gewicht nicht angeben darf. Mein Paßbild ist auch etwas älter – sogar sechs Jahre, glaube ich.

PS: Mit etwas Spaß an der Sache erkennt man sogar Thomas Gottschalk hinterrücks unserer Identitätskarte, das Steuer in der Hand haltend.

Tag X

Hätte Jerome Freunde und befragte man sie nach ihm, würde ihre Antwort lauten: Er ist ein feingliedriger junger Mann mit dünnem, gescheiteltem Haar und rehbraunen Augen, leise aber korrekt.
Jerome ist zu feingliedrig als Mann, seine Haut zu dünn und sein Blick zu sanft für diese Welt. Kinder lachen auf der Straße über ihn. Die Mutter klagt Nachbarinnen so laut die Ohren voll, daß er es hört. Dabei ist das Mansardenzimmer immer aufgeräumt.
Seit achtunddreißig Jahren jeden Tag.
Er lebt still, liest dies und das, hört unter Kopfhörern Musik oder sieht leise fern. Mädchen sind ihm bekannt gewesen, Frauen und Männer fürchtet er.
Die Kunden loben, wenn möglich, seine akzentuierte Aussprache. Die Arbeit beim Telefonservice der Bank macht ihm gelinden Spaß. Gelinden Spaß, weil sie im sechzehnten Stock stattfindet, fünfzehn Stationen Fahrstuhlfahrt. Jerome hat Klaustrophobie und einen langjährigen Psychiater, der ihm gelangweilt rät: Stell dich der Situation.
Jerome stellt sich der Situation seit zwei Jahrzehnten, morgens wie nachmittags. Seine Zeitrechnung besteht daraus, ängstlich einzuschlafen beziehungsweise den Mittagskaffee als Henkersmahlzeit zu empfinden: Irgendwann bleibt der Aufzug stecken.
Bei Dienstbeginn ist nicht zu verhindern, jeder drängelt. Jerome in einer Ecke schließt luftholend die Augen und öffnet sie erst wieder, wenn die sechzehnte Etage erreicht wird. Der Nachmittag ist einfacher. Die Kollegen sind es gewohnt, daß er etwas länger bleibt, die Büroschlüssel einsammelt und Abschiedsgrüße der Sekretärinnen entgegennimmt.
So bleibt er allein während der Abfahrt, kann sich die Ohren zuhalten vor jener Stimme, die jedes Stockwerk zelebrierend ansagt.
Heute nicht. Ächzend schiebt der Mann seinen Bauch durch die Tür, rülpst Bierdunst und Knoblauchgeruch in die Enge, seine Stirn strotzt vor Schweißperlen, seine Augen vor roten Äderchen, er lallt.

Irgendwann passiert es, denkt Jerome, als es passiert. Er sieht den behaarten Handrücken des Mannes auf drei Tasten gleichzeitig, der Fahrstuhl stoppt abrupt, und im Fallen hustet sich der Dicke die Seele aus dem Leib. Erstaunlich schnell ist er wieder auf den Beinen, bearbeitet das Bedienungsfeld mit seinen Fäusten, flucht und schreit.

Das also ist der Tag X.

Jerome erinnert alles, was er in unzähligen Sitzungen gelernt hat, atmet aus, dann langsam ein, tippt dem Hysteriker auf den fettverschmierten Ärmel und sagt beruhigend: Sie müssen lediglich dort drücken, wo Hausmeister steht!

Soweit es rollenden Augen möglich ist, wird er von ihnen haßerfüllt gemustert: Das bin ich, Mensch, du Klugscheißer!

Jerome stutzt erst, nachdem er geschrien hat: Dann halt' doch die Fresse!

Sie gleiten plötzlich abwärts. Gehen in die Pizzeria gegenüber und bekräftigen ihr Du. Mehrmals.

Er war völlig betrunken! wird seine Mutter stolz am nächsten Tag erzählen.

Vocal, drum

Ich wache weinselig von Freitagabend auf und habe ein Problem. Mein Nachbar möchte Kultur im Heim, schöner wohnen also. Deswegen kämpft er an unserer gemeinsamen Wand mittels einer Schlagbohrmaschine. Mein Problem aber ist ein anderes: Ich weiß nicht genau, wo mein Nachbar bohrt.
Nebenbei: Ich liege.
Das fräsende Geräusch ist am Kopfende meines Bettes. Ist das nun über oder hinter mir?
Unten wohl nicht, dort räumt jemand – laut singend – seinen Keller auf, oben im ersten Stock streitet Familie Wohlrabe.
Links bleibt noch das offene Fenster mit den Jugendlichen und ihren Mopeds. Rechts hört sich mein Nachbar »It's a gogo« an. So weit, so gut.
Hinter der Küche das ewig schreiende Kind, sehr viel lauter heute als der Ventilator. Demnach wäre der Videobohrer hinter mir. So gesehen müßte ich aber nach vorn gucken, indem ich den Kopf senke, also ich sehe nach unten, oder?
Dann wäre »schöner wohnen« über mir, die Kellerstimme folglich hinten. Ich liege ja. Auf dem Rücken.
Irgendein Trugschluß scheint möglich. Aber der Bohrer bohrt – durchdringend. Ganz ruhig liegen bleiben, nicht bewegen: Und noch mal von vorn.
Links – alles klar: Zweitakter mit wenig Kubik. Rechts – auch klar: »Jetzt kommt die Süße«. Bleibt also vorn (oder über mir), hinten (oder unter mir), über (oder hinter) mir, zu meinen Füßen, also unten (oder vorn) ...
Das Kind schreit jedenfalls mit der Schlagbohrmaschine, vom Gesang begleitet im Rhythmus des Wohlrabestreits.
Mir reicht es.
Als ich mich aufgerichtet habe, ist alles etwas klarer. Hinter mir Multimax, über mir Ehekrach, unter mir falscher Tenor, links Pubertät, rechts Radio ... Und das Kind? Wird wohl gestillt.
Jetzt begreife sogar ich: Die Welt ist erkennbar. Und laut.
Zumal in meiner Einraumwohnung. Eigentlich immer, aber manchmal besonders.
Ich stehe auf, setze mich ans Schlagzeug und übe.

Der Lehrer

Tatsächlich riechen Schulen noch wie immer. Statt Bohnerwachs werden umweltfreundliche Reinigungsmittel benutzt. Sie passen sich an. Sie passen sich den langen Fluren an, sie konservieren die Heimlichkeit von Lehrerzimmern. Die Hausmeister sind immer noch die vierte Größe im Staate.
Schulen sind Burgen gleich, Gefängnissen und Krankenhäusern, Kasernen, Werken und Fabriken, Staudämmen.
Er, der Lehrer, geht zu seiner Klasse, wie immer.
»Immer« ist schnell ein Wort für Regelmäßigkeit.
Er, der Lehrer, sieht die kleinen Gesichter nicht oder kaum.
Die grauen, die weiß-grauen Gehäuse der Computer lassen oberhalb gerade den Blick auf Scheitel zu, gefärbte Haarschöpfe und verrückte Zöpfe.
Manchmal einen fragenden Blick.
Dieser Montag ist schlimmer als andere. Bauarbeiter entschrauben die zweiteilige Wandtafel. Sie nehmen das Brechen von bunter Kreide mit sich, das Gefühl, einen Schwamm in der Hand zu haben, ein Tuch, das den vorherigen Physikunterricht, dessen Formen zur Unkenntlichkeit verwischt. Die Schüler schweigen, der Lehrer schweigt. Schweigend entfernen die Arbeiter Dübel, manche sind noch aus Holz. Die Computer werden eingeschaltet und geben ächzenden Geräusche von sich. Geladene Festplatten, Schrift- und Grafikprogramme. Da erlöscht das Licht und ersterben die Monitore.
Den Lehrer erfaßt Mut, fast Hoffnung. Er befiehlt, die Jalousien zu öffnen. Das Licht der Sonne flutet, ja, es flutet herein, es blendet die blinden Bildschirme, Augenpaare, Nasen, Münder. Ihn sehen Gesichter an. Sie sehen links oder rechts an den Kästen vorbei, zu ihm. Da sind Grübchen zum Verlieben, junge Stirnfalten, abstehende Ohren, zu frühe Adamsäpfel, die tatsächlich vor Aufregung hüpfen. Sogar gefärbte Augenbrauen.
Als müßte es so sein – ein Regenbogen macht sich vor den Fenstern breit. Ein Windhauch rüttelt Blätter von den Kastanienbäumen, und der Hausmeister flüchtet mit der Harke.
Der Lehrer ist aufgestanden, die Fenster zur Natur im Rücken.

Er läuft vor ihnen entlang, zwischen den Kindern hindurch, derweil dicke Tropfen fallen. Auf dem Hof werden die Pfützen zu Seen, mit Kanälen zwischen den Betonplatten.
Der Lehrer öffnet ein Fenster. Bastelt ein Schiffchen aus einem DIN-A-4-Blatt, dann eine Malermütze. Schließlich demonstriert er ein Flugzeug. Erst sein zweiter Versuch gelingt wirklich. Das kleine Gefährt segelt durch die wieder klare Luft. Majestätisch. Findet er, sagt er.
Die Starter der Leuchtstoffröhren klicken. Das Klassenzimmer sieht wie sonst auch aus. Nur der Lehrer steht verloren, verlegen unnütz herum. Er schließt sein Klappfenster, um die Klimaanlage bei ihrer Arbeit nicht zu stören. Die Haaransätze tuscheln kurz miteinander. Die Computer summen unhörbar. Es ist ruhig. Selbst das frühreife Mädchen mit den grünen Augen und dem selbstbewußten Blick sieht nicht herauf. Sie schämt sich für ihn.

Das Wunder

Wenn möglich, meide ich Autobahnen. Zum ersten der Staus wegen, zum zweiten der Raststätten, und es ist mir auch peinlich, bei längeren Fahrten albern herumhampelnd gymnastische Übungen zu machen, die angeblich wachhalten. Man lernt Land und Leute kennen, Dörfer und Gemeinden beim ruhigen Gleiten über die Bundesstraßen. Am liebsten aber vertrete ich mir die Beine auf kleinen Friedhöfen, lese die unbekannten Namen, sehe, welche Gräber mehr oder weniger gepflegt sind und drücke verstohlen auf die wuchtige Klinke des Kirchenportals. Meist ist es verschlossen. Läßt es sich öffnen, schlüpfe ich heimlich hinein, genieße ein paar Sekunden jene unvergleichbare Luft, bewundere Architektur und Kruzifix, bevor ich ins Auto steige und mit beruhigten Nerven meiner Wege fahre. So auch letzten Freitag früh. Eine fast gemütliche gotische Kapelle, ein Christus, der mehr zu schlafen schien, ein offener Sarg ... Mich nach draußen zu retten, war zu spät, weil in diesem Moment der junge Pfarrer hereinkam. Ich fand eine schattige Stelle hinter der letzten Bank und hielt den Atem an.
»Ah, schon da«, murmelte der Geistliche lakonisch beim Anblick des Toten. Nun gut, auch Ärzte können nicht mit jedem Patienten leiden. Aber sich vor ihnen kämmen, räuspern und den Kittel beziehungsweise Talar richten?
»Liebe Gemeinde«, begann er zu sprechen, seine Stimme war kräftig, dennoch sanft. Hatte er mich bemerkt? Selbst wenn, als Gemeinde war ich kaum zu bezeichnen. Das Leben des Toten zog in lobenden Worten an mir vorüber. Sein Familiensinn wurde hervorgehoben, die Gemeindetätigkeit bei der Freiwilligen Feuerwehr und dem Karnevalsverein.
Die schweren Kriegs- und Nachkriegsjahre blieben nicht unerwähnt. Ebenso der Fang eines dreißigpfündigen Barsches sowie der vierfache Schützenkönig.
Warum, fragte ich mich beklommen und dachte über mein eigenes großstädtisches Leben nach, geht dieser famose Mann seinen letzten Gang allein? Mit einem Hinweis auf viele, viele gemeinsam fröhlich verbrachte Stunden schloß der Redner »So wollen wir ihn in Erinnerung behalten« und neigte sein Haupt.

Ja, dachte ich gerührt, ich behalte dich in Erinnerung, Unbekannter, auch wenn's hier keiner tut, ändere mein Leben, rufe alte Freunde an, jeden zweiten Tag meine Mutter.
»Na, wie war ich?«, fragte der Pfarrer und wischte sich den Schweiß von der Stirn. Fast hätte ich geantwortet, aber zu meinem Entsetzen tippte er eindringlich dem Toten auf die Brust, und der erhob sich ächzend! Wie sagt man? Mir wurden die Knie weich. »Tut mir leid, Hochwürden, ich bin eingeschlafen.« »Sag nicht Hochwürden«, bekam er seufzend zur Antwort. »Wir hatten abgemacht, du hörst dir meine erste Grabrede an, und ich helf dir nachher beim Zuschaufeln. Nun fang ich nochmal an, aber du bleibst sitzen. Liebe Gemeinde ...«
Ich fand den Abzweig zur A4 relativ schnell, auch wenn der Stau um Hannover so sicher ist wie das Amen in der Kirche. Und heute abend ruf ich Mutter an.

Vielfalt

Wer, Kinder, soll sich das merken?
Die Öffnungszeiten am Samstag. Kaufhof bis halb zwei, wo ich Bier kaufe und die Pfandflaschen abgebe; vorher bei unserem alten Gemüsehändler gab's Porree billig oder Blumenkohl, aber er läßt seine rasselnden Rollos punkt zwölf runter.
Für einen Plausch unter Männern (Napoleon, neun Mark neunundneunzig) steht Schlecker zur Verfügung. Elf Uhr dreißig.
Fleischer Riedmann ist was anderes, der handelt flexibel. Nun ja, ich kenn seine Tochter seit Jahren, da gibt's schon mal ein Steak hintenraus.
Sybille heißt sie. Nettes Mädchen.
Doch das sind bloß Lebensmittel. Wehe, der Gnädigsten ist die Lippenpomenade ausgegangen, meine Wegwerfrasierer sind alle und Tante Waltraud kommt unverhofft. Nebenbei, »verhofft« kommt sie nie. Das bedeutet, die Umweltleinentaschen von den schmerzenden Schultern reißen, im Mantel bleiben und los.
Zur Parfümerie. Klopapier! Ich weiß, hätte es auch bei Schlecker gegeben.
Ladenschluß und zwei. Karstadt also, ein Bezirk weiter. Erster Sonnabend im Monat. Zeit bis vier. Zwei Bier bei Herbert, drei Bier bei Herbert, fünf Schnäpse.
Gott, wie man irren kann! S' ist der zweite Sonnabend, der Monat egal, die Tankstelle bleibt. Hackle feucht, Lipstick und das Beste für das Beste im Mann. Der Aufpreis wird verschwiegen.
Früher, Kinder, im Osten, war's einfacher. Ob Suhl, Gera oder Berlin, ob Drogist oder Florist, Notschlüsseldienst oder Zugauskunft, jeder Konsum, jede Kaufhalle: halb zwölf war Schluß. Gegen zehn konnte man die letzten Literbeutel Milch triefend aus den Plastikbehältern bergen, frische Brötchen gab's da schon lange nicht mehr.
Die Welt verändert sich rasant.
Nur Tante Wally kommt, wann sie will.

Kaleidoskop

Bitte, versteh es! Raum und Zeit sind ohne Ende, was bedeutet, wo wir leben, ist nicht einzuordnen. Es ist einfach da. Oder hier, könnte man sagen. Ganz örtlich gesehen. Wobei auch die Örtlichkeit schon wieder schwerfällt, wenn man versucht, in unendlichen Maßstäben zu denken. Es gibt keinen Rand wie bei einem Teller, es gibt keinen Zaun wie bei einem Fußballfeld. Es ist unsere Existenz.
Eine Existenz im Irgendwo, also im Nirgendwo. Die einzige Maßeinheit sind 216 Arten von Atomen. Unsere Schicksale sind vergleichbar mit den Blicken von Kindern durch Kaleidoskope.
216 verschiedene kleine Dinge werden zusammengewürfelt. Glas, Perlen, Flitterstückchen ... Faßbare Dinge, in der Optik eines Kaleidoskops bunt und symmetrisch. Jedesmal ein gänzlich anderes Muster.
Ist es denn so gänzlich anders? Haben wir genug der gefächerten Bilder gesehen, legen wir das Instrument unseres staunenden Auges beiseite, derweil wir erwachsen geworden sind. Dem Universum nah. Was wäre, hätten wir die Möglichkeit, für uns weiter, weiter und weiter zu spielen? Zeit und Raum arbeiten (auch ohne göttliche Fügung) nur mit der begrenzten Anzahl von Bauklötzen. Das heißt, alles, auch der komplizierteste Aufbau aus Molekülen, wie zum Beispiel der eines Menschen, wiederholt sich. Es gibt die Erde also nicht nur einmal, sondern in ...facher Ausfertigung. Was bedeutet, es gibt meine Mutter in ...facher Ausfertigung. Das bedeutet, es gibt meinen Vater in ...facher Ausfertigung. Denke ans Kaleidoskop! Hättest du die Unendlichkeit der Zeit immer wieder in diesem dreieckigen Gegenstand vor deinem Auge, würdest du irgendwann Ähnlichkeiten der Bilder feststellen (vorausgesetzt, dein Gedächtnis würde es fassen).
Nun ja, der Makrokosmos ist für uns ebenso unbegreifbar wie der Mikrokosmos. Jedes halbwegs intelligente Kind stellt einer Hortnerin die Frage, was passiert, wenn Papierschnitzel nicht mehr mit der Schere zu zerschneiden sind. Man kann davon ausgehen, daß mein Schicksal sich ständig wiederholt, es gerade

geschehen ist oder geschehen wird. Bildlich gesagt: der Mann vor dem Spiegel ist der Mann vor dem Spiegel des Spiegels ... Aber auch das ist zu einfach. Was einen x-beliebigen Menschen in diesem x-beliebigen Dasein unterscheidet, kann sein, daß er sich gerade an seinem Geburtstag morgens gegen 6.35 Uhr die Zehnägel schneidet. Der (deswegen) fast gleiche tut es 6.36 Uhr, jemand macht es schon 6.34 Uhr.
Vergiß deine Armbanduhr! Welten gehen in Flammen auf, während andere erblühen. Wesen, die fast parallel sind aufgrund der Beengtheit des unendlichen Raumes durch gezählte Neutronen, tun dasselbe. Vielleicht ist nur das Haar anders gescheitelt und ihm fehlt der kleine Leberfleck an meinem linken Ohrläppchen.
Im All sind wir beständig, weil wir uns wiederholen, uns wiederholt haben und wiederholen werden. In allem. Versteh doch bitte:
Andauernd schlafen Männer mit der besten Freundin ihrer Frau!

Nachbarn

Ein Mann schlägt eine Frau. Sie weint etwas, trocknet sich dann schnell die Tränen, weil das Kind vom Spielen kommt.
Er klappert im Korridor nach Geld, um in die Kneipe zu gehen.
Das Kind ist ein Mädchen. Zwölf Jahre alt. Sie sagt nicht »Vater«. »Onkel« zu sagen, hat sie sich abgewöhnt.
Immer wenn ihre Mutter geweint hat, sind die Stullen viel zu dick. Im Fernsehen küßt sich ein Paar mit dem Rest salziger Meerestropfen auf den Schultern.
Sie holt ihrer Tochter schnell eine Tomate aus dem Laden unten. Streut Salz mit Pfeffer auf die zerschnittenen Teile. Dann erklärt sie etwas halblaut, mehr für sich selbst. Gießt dabei die Blumen. Sie sind bloß grün. Große Blätter.
Das Fruchtfleisch ist versalzen. Die Kleine sagt, weswegen sie letzte Nacht nicht schlafen konnte. Ohne Groll. Einen Augenblick lang sehen sich beide in die Augen und hätten fast Verständnis füreinander gefunden.
Aber sie sehen sich genau an. Da gibt es einen kleinen Riß an der Augenbraue der Mutter. Ein wenig blutet er noch. Und wenn sie ihr Haar zurückstreicht, wird es ein roter Streifen über die Stirn.
Das Mädchen hat Angst vor Schelte, ißt weiter. Trinkt hastig, verschluckt sich dabei und hustet entschuldigend. Wie sie merkt, hört die Mutter nicht zu.
Die mustert. Die mustert den Körper ihrer Tochter und kann sich nicht davon frei machen, ihn schön zu finden. Gleich werden hastige Fragen kommen. Unbeantwortbar. Sie ist an einem Punkt angelangt, der nur ihr gehört. Jemand im Hinterhaus spielt falsch Geige, ohne üben zu wollen. Sie weiß, welche Frage sie erwartet. Welche Angst Blut erzeugt. Wie hoch der Puls schlägt beim ersten Kuß.
Die Kleine wartet. Das Kinderzimmer ist ihr jetzt fremd. Die Mutter in ihrer Hektik sehr nah. Die baut ungelenk ein neues Wohnungsschloß ein. Dann endlich erzählt sie ...
Spät in der Nacht klopft und schlägt jemand ungeduldig an die Tür. Mann ohne Frau, Vater ohne Tochter.
Er resigniert oder begreift vielleicht sogar ... und geht. Sie hört seine Schritte und dankt ihm ein wenig.

Halbwegs

Augenbrauen erneuern sich von selbst. Ein Haar wächst heran und das nachbarliche entfällt den Poren. Bei Wimpern ist's genauso. Bei älteren Männern ist es anders. Ich reiße mir ein widerborstiges, grau-blondes Haar von den Brauen, betrachte das Kügelchen an der Wurzel und sehe wieder in den Spiegel. Die garstige Fratze des statistischen Bundesamtes blickt zurück und mir entgegen. Siebenundsiebzig Jahre alt werden, gesamtdeutsch, die Männer. Neununddreißig Jahre bin ich alt und habe den Zenit damit überschritten. Die Hälfte eines Lebens ist gelebt. Sagt des statistische Bundesamt, voll vermutlich von blutjungen Bürokraten.
Die überfällige Steuererklärung gelbt sich im Licht der Sonne auf meinem Schreibtisch. Mit Erschrecken wird mir klar, daß ein Kindheitstraum seit längerem in Erfüllung gegangen ist. Ich bin erwachsen.
Gestern wurde ich beraubt. Ein Typ, zwei Köpfe kleiner, sagte: »Ich habe ein Messer und eine Pistole in der rechten Tasche. Gib mir dein Geld!«
Auf einer sonnigen Allee hätte ihm ein Hieb meiner Faust das Nasenbein zerschmettert. Die Oranienburger Straße ist keine sonnige Allee. Die langen, oft wunderschönen Beine der Strichmädchen bedeuten; alles ist möglich.
So zählte ich einige Scheine ab und gab sie ihm.
»Vergelt's Gott«, hat er nicht gesagt, aber sein: »Alles klar!« klang wie: »Danke!«
Über meine Geliebte mokierte sich unlängst neidisch ein Freund: »Sie könnte deine Tochter sein!«
Oder deine!, dachte ich wütend dagegen und: Mir bleibt ein Restchen Leben. Wenn ich achtzig werden würde, bliebe mir die größere Hälfte! Darob lachen nur Mathematiklehrer. Philosophen kaum noch und Dichter haben in diesem Land nichts oder nicht mehr zu lachen. Sänger singen Songs. Mick Jagger wird einundfünfzig und die zwölf Jahre Differenz trösten niemanden. Dem Sozialismus werfe ich keine vergeudete Zeit vor. Im Gegenteil; meine Staatsbürgerkundelehrerin könnte ich zärtlichst umarmen.

Gut, sie ist Rentnerin, aber was den Kapitalismus betrifft, hat sie nicht gelogen.
Eins plus eins bleibt zwei, späterhin neununddreißig.
Das »Goodyear«-Luftschiff hat eine Trosse im Maul. Ich mache mich daran schwer und hoffe vergebens, es dreht sich in einen anderen Wind.

Auf einen Streich

Die Könige sind greis, sind müde Greise. Abgestandener Zigarrenrauch aalt sich durch die Räume aller Paläste. Dort gähnen die Lakaien.
Blattgold ist eben dünn.
Blind sind die Kapitäne, und sie werfen Ferngläser in die Ölspuren ihrer Schiffe. Delphine verlernen darüber das Lächeln.
Der Arzt, der einen Arzt untersucht, zuckt mit den Schultern.
Ein Virus ist im Patienten, einer im Körper des Computers.
Krebs ist eben nicht nur ein Sternbild oder ein Scherentier.
Lehrer paaren ausdruckslose Augen mit leeren Gesten. Sie sehen sich nicht an, wenn sie nach den Schulstunden auf gebohnerten Korridoren einander begegnen.
Taxifahrer nehmen die Metro durch zu groß gewordene Städte, während Leuchtturmwärter Lichter löschen. Verstohlen leckt sich der Papst den Erdbeergeschmack von den runzligen Lippen, läßt das aufgeblasene Kondom los und siehe: es fliegt.
Im Osten geht die Sonne auf; im Süden geht sie unter.
Ein Stöhnen entfährt dem Publikum, als der Pianist die Tasten verfehlt. Vorbei Bolero! Schauspieler haben keine Texte mehr, Völker keine Hymnen. Doch tröstet euch, Eltern! Ein wackerer Gefreiter wird kommen, ein schmaler Malergesell aus Österreich, Rambo oder das tapfere Schneiderlein.
Wohl denen, die bis dahin gut gewachsene Töchter zeugen.
Bräute für Soldaten.

Sechs Uhr früh

Sommer ist. Sechs Uhr früh, mir geht es wie vielen, die Sonne scheint hell, und ich bin früher wach als der alte Wecker. Das Fenster steht weit offen, läßt etwas Straßenlärm und viel frische Luft ins Zimmer, ein paar Fliegen und einen Schmetterling. Sommer ist.
Und Winter wünschte ich mir. Dunkle Wolken, aufgerissen von Hochantennen, graue Schneeflocken, die fast lotrecht vom Himmel fallen. Vereiste Straßen; vermummte Gesichter, Automotoren, die aufstöhnen, aber nicht anspringen.
Statt dessen ...
Oder Herbst. Naß und kalt. Regen, von nordöstlichem Wind getrieben, peitscht durch die Straßen, vorbei an trüben Gaslaternen, so flach, daß man sich nicht vor ihm schützen kann. Kein Schirm hilft, kein hochgestellter Kragen. Die Sachen sind naß und klamm. Niemand blickt freundlich.
Statt dessen ...
Oder Frühling. Nicht der milde Mai. Mehr April mit letztem Frost, vorwitzige Blumen erfrieren lassend. Trügerischer Sonnenschein, dann Hagel. Viel zu früh den Schal beiseite getan, ebenso den Wintermantel. Frühjahrsgrippe, Schneeschmelze, verstopfte Gullys, also tiefe Pfützen. Kein Bus, keine Bahn.
Statt dessen ...
Sommer ist. Sechs Uhr früh, die Sonnen scheint hell und warm. Erster Juli – und ich, verdammt, werde heute dreißig!

Mein Gegenüber

Ein Stereorecorder heult laut, leise wispert ein Walkman, jemand raucht, ein anderer trinkt Bier und wirft die Flasche aus dem Fenster, ein Pärchen küßt sich nicht nur.
Vieles von dem ist verboten, fast alles nicht gern gesehen – in der S-Bahn. Um diese Zeit stört es niemanden. Wenn es jemanden stören würde, er wäre in der Minderzahl.
Ich kratze keine Piktogramme von der Tür, habe nicht einmal meine Beine auf der langen Bank des Dienstabteils und doch tue ich Ungehöriges: Ich starre mein Gegenüber an.
Der Mann ist ungefähr dreißig, sieht aber älter aus. Und müde. Das Schwanken der Bahn in der Kurve gleicht sein Oberkörper immer ein bißchen zu spät aus, die Schultern sind heruntergesunken. Die Lider auch; sie bedecken halb den apathischen Blick der braunen Augen, ab und zu sinken sie ganz herab, erreichen dann nur mühsam wieder ihre alte Lage.
Verwischte Schminke unterstützt dunkle Augenränder, einer der Verschlüsse seiner Ohrringe hat sich geöffnet, die Kreole hängt traurig herab oder bewegt sich mehr als die andere.
Manchmal wirft der Mann den Kopf zurück, als geriete ihm eine Strähne seines schwarzen Haares ins Gesicht. Aber das klebt ihm am Schädel, ist zerzaust und naß vom Herbstwind, strähnig unordentlich.
Mit einem Seufzer holt er sich jetzt in die Wirklichkeit zurück, zieht die Augenbrauen nach oben, um den Blick freizubekommen; für Sekunden strafft er sich, erkennt die Station und sinkt wieder zusammen. Der Recorder wir lauter gedreht, ein trauriges Lied übertönt die Realität der holpernden Schwellen. Obwohl er keine Regung zeigt, weiß ich, er hört zu.
Kurze Zeit läßt diese Melodie unser Neonlichtabteil wärmer durch die Nacht fahren.
Unter seinem Dreitagebart lassen sich Falten ahnen. Beginnend in Höhe der Nasenflügel bis kurz unter die Mundwinkel. Um die Augen sind sie bereits ausgeprägt.
Die Kreole pendelt jetzt noch mehr, denn er hat seinen Kopf in die rechte Hand gestützt, den Ellenbogen aufs rechte Bein, das Hemd ist aufgegangen, aber er scheint die Kälte nicht zu spüren.

Zwei energische Schritte laufen vorbei, jemand sagt »besoffen«, und er hat wohl recht.
Wieder hält ein Zug, das Mädchen hübsch für diese Zeit, weicht meinem Blick aus. Ich sehe sie an, sie setzt sich mir gegenüber und verdeckt das Fenster ...
... verdeckt mein Spiegelbild.

Exklusiv

Mit einiger Mühe hatte ich den Lada gestartet. Raste nach Lichtenberg, um Janine, meine Frau, pünktlich abzuholen. Züge erhalten Einfahrt. Sie kommen also später. Möglichst am Freitagabend.
Ein Gartenrestaurant in der Albrechtstraße. Das heißt, in der Albrechtstraße gibt es kein Gartenrestaurant, aber ein Restaurant mit Garten.
Wenn ich bloß in einen Laden gegangen wäre und Toast oder Schwarzbrot gekauft hätte, wäre folgendes nicht oder später passiert.
Zwei ältere sächsische Frauen räumten den Tisch in meinem Rücken rechtzeitig, um dem »Team« Platz zu machen.
Drei junge Männer, zwei junge Mädchen.
Besitzverhältnisse ungeklärt, ein junger Haufen. Laut, unbeschwert. Manche würden sagen; Wessis. Aus Dortmund, Düsseldorf, Köln oder da herum. Ohne sich bemühen zu müssen, erfahren wir jedweden Lebensweg; jeden Urlaubsort der letzten zehn Jahre. Dann kam Politik zur Sprache.
Zur Sprache kommen hieß, jeden geäußerten Satz mit »Echt?« zu kommentieren.
Ich mag Fertiggerichte nicht. Schon gar nicht aus Mikrowellen.
Sie, die am Nebentisch, sezierten ihre Chefs. Dann ihren Konzern, schließlich die Welt. Verglichen das Klo hier mit dort. Kannten Discos in Miami Beach.
Meine Frau aß derweil. Sie lacht lieber als ich, läßt andere leben.
Die jungen Menschen schossen auf die Politik, die Kellnerin, den Osten. In der Albrechtstraße! Zwei Minuten vor'm Deutschen Theater.
»Der Pfälzer« erfuhr ich, nennt man Kohl, um über ihn zu lachen. Sie lachten viel und viel zu laut.
Kann sein, daß ich intolerant bin, weil mir Pfifferlinge schmecken sollen ohne das nervöse Gelächter lauthalser Angestellter irgendwelcher Firmen. Bier für Bier.
Einer der Runde lehnte sich lachend weit zurück. Sein Gesicht

tauchte neben meinem auf. Ein Gesicht voller Zähne, gebräunt. Nur hätte er, Schräglage hin und her, meine Frau nicht anlächeln müssen. Jedenfalls nicht so.
Ich stand auf.
Mein Stuhl kippte um und sorgte für Aufmerksamkeit. Mein Räuspern war eindeutig. Die Ruhe hernach auch. Augenpaar für Augenpaar sah mich an.
Sah mich zum Tisch der Jungverdiener umdrehen, und also sprach ich donnernd: »Redet nicht so über unseren Bundeskanzler!«
Und setzte mich. Kein Applaus. Natürlich hatte ich auch keinen erwartet: in der Albrechtstraße!
Die Rechnung kam, von der sonst so netten, jetzt aber eisigen Kellnerin überreicht.
Der Tisch neben uns schwieg am lautesten. Ratlos. Mutlos. Ängstlich. Naiv. Jung?
Peinlichkeit auf jeden Fall. Steckengebliebenes Lachen im Hals. MTV-Gesichter. Falsch geparkte Golfs.
Zuviel Selbstbewußtsein, scheinbares, verhindert Ironie.
Und wenn ich diesen Spaß nie wiederholen werde, dann nur deshalb nicht, weil sich die Kellnerin zu meinen Ungunsten verrechnet hat.

Superlativ

Sie nahmen die Bärte der Propheten ernst, mit der Emsigkeit eines Ameisenvolkes begannen die Arbeiten am Turm zu Babel. Keine Stimme verwirrte sich. Ein Berg für ihn wurde errichtet, der höchste Berg der Welt. Dabei entstand das tiefste Tal. Durch den längsten Tunnel fuhren die schwersten Züge mit Tonnen von Platin. In den Ampeln waren Smaragde, Bernstein und Saphire. Leitlinien aus Gold. Frauen in Samt und Seide. Ein Himmelblau ohne Adria. Dafür schufen sie sich einen gewaltigen Binnensee, glatt wie kein Spiegel, und die Windstärke 16. Leise, ganz leise wurden die Autos, schön, aber umweltfreundlich. Die Bürgersteige rollten die Bürger von selbst, wohin diese nur wollten. Farbenfrohe Polizisten salutierten zivil.
Dann galt es, das tiefste Loch zu bohren, das größte Fenster zu reinigen. Blonder als Schweden zu sein, schwärzer als Afrikaner. Auch dieses gelang unserer Nation mit Fleiß. Wir kauften den Mont Everest, die Freiheitsstatue und ein Dutzend Eiffeltürme. Nebenbei die Schweizer Alpen, wieviel ist da die Zuspitze noch wert? Wer Pizza essen will, muß nach Deutschland kommen! Russischer Kaviar? Natürlich in Bremerhaven. Neu! Dauerausstellung! Die Ägyptischen Pyramiden in Pirna (nahe Dresden)!
Es gab das billigste Bier und den härtesten Porno. Fröhlichste Menschen hatten gepflegteste Pudel mit glücklichsten Kühen voll herrlichster Milch. Walkman verbargen die Ohren mit sattem Sound. Lächeln für Lächelnde, Geilheit für Geile, auch Beethoven ist nicht vergessen. Der Schweiß der Arbeit edelt. Helle Lichter stimulieren ein Gefühl der Unvergeßlichkeit. Wir jubelten: »Oh, laß dich in die Arme nehmen, Welt ...« Vergessen haben wir, der Katze Milch zu geben, den Blumen Wasser. Und dabei hat die Woche erst begonnen.

Letzten Endes

Tut mir leid. Ganz ehrlich: es tut mir Leid. Denn dir ist's egal, sogar die sibirische Kälte mit ihren beißenden Schneeflocken hier in Berlin, um die Ecke hinterm Bauzaun einer Kirche.
Die Kleine holt 'nen Krankenwagen oder 'ne Funkstreife oder rennt schockiert nach Hause.
Denn schön bist du nicht, du riechst schlecht nach altem Mantel, Schweiß, Urin und Alkohol. Verwesung.
Mir haftet ihr Geruch an, Parfüm, Lippenstift, Deodorant, etwas Martini. Ich rieche nach Küssen, lachenden weißen Zähnen und Erdbeerkondom. Es liegt irgendwo dahinten.
Uns war danach, ein bißchen, aber du hast gestöhnt, dich geräuspert, wieder gestöhnt.
Wir dachten, du wärest zwei, ihr wäret wie wir. Lustvoll übertreibend ineinander vernarrt, und hört uns zu, wie wir euch. Wie wir dir.
Es ist zu kalt heute für einen alleine gewesen. Ohne Liebe in jedem Sinne. Wermut statt Martini. Der letzte Seufzer statt Orgasmus, vorgespielt oder nicht.
Schlimm genug, daß wir euch erschrecken wollten. Wir sind erschreckt worden, ernüchtert, erinnert.
Ich knie neben dir. Die Knie tun mir weh. Selbst heiterer Schnee ist nur verwandelter Regen, weinender Himmel voller Sirenen und blauer Lichter: Sie hat die Feuerwehr alarmiert, ein Löschzug kommt.
Ent-Schuldige: Morgen will ich dieses Mädchen und nächste Woche dich vergessen haben.

Eine unsterbliche Seele

Bob: Verzeihung, bin ich hier richtig?
Gott: Du bist auch bloß wieder so einer, der sich wichtig machen will. Stell deine Frage und verpiß dich.
Bob: Ich bin hier. Also bist du. Es gibt dich.
Gott: Okay, Langweiler. Ich bin und tschüß.
Bob: Stört dich nicht, daß ich an dir gezweifelt habe?
Gott: Wolltest du in den Himmel? Damit hat sich der Zweifel erledigt.
Bob: Bin ich im Himmel?
Gott: Paßt dein Hemd? Drückt dich eine Gürtelschnalle? Hast du das Gefühl, dich waschen zu müssen?
Bob: Nein.
Gott: Na also.
Bob: Und weiter?
Gott: Was weiter? Mir reicht das.
Bob: Es sollte um meine Seele gehen.
Gott: Die ist unsterblich.
Bob: Deinetwegen, stimmt's?
Gott: Als Berliner sag: »Wegen dir«!
Bob: Wegen dir. Aber –
Gott: Da drüben ist das endgültige Licht, die Treppe dorthin beleuchtet. Was soll's also.
Bob: Ja eben. Was soll das. Licht, Treppe, Nebel. Nich ma Engel.
Gott: Engel sind keine da. Die gab's nie.
Bob: Auch das noch. Beziehungsweise nicht!
Gott: Hör zu, Wurm unter Würmern. Seelen sind unsterblich und willkommen hier im Himmelreich. Sie finden zueinander in Farben und Formen, bilden Regenbögen und Engelsgemeinden.
Bob: Ich denke, Engel gibt's keine!?
Gott: Für deine Seele ja. So Lichtgestalten. Himmlische Harmonien und so weiter.
Bob: Alles Gequatsche.
Gott: Mag sein. Aber ICH bin das Gequatsche über dir.
Bob: Schon gut.
Gott: Ihr labert immer so rum. Die ganze frühere Ostzone.

Bob: Was macht eigentlich Rohwedder?
Gott: Das geht dich nichts an.
Bob: Gibt's auch schwarze Engel?
Gott: Wie schon gesagt: keine Engel. Außerdem deucht mich, du bist nicht tot genug. Nun ja: keine Taufe, keine Beichte, keine letzte Ölung ...
Bob: Wenn man tot ist, weilt man nicht mehr unter den Lebenden.
Gott: Unter welcher Lebenden hättest du denn gern geweilt? Oder gleich unter den schwarzen Schenkeln eines ganzen brasilianischen Balletts?
Bob: Die sind gar nicht alle schwarz. Nicht in Brasilien.
Gott: Das bestimme ich. ICH!
Bob: Bleiben wir sachlich – bei meiner Seele.
Gott: Hör zu, du kleiner Kommunist. Provoziere keinen Gott. Wie du hingenommen hast dein Schicksal, trag die Trauer ergeben und frohlocke dann. Fernab vom irdischen Jammertal. Der Nächste bitte!
Bob: Ich bin der Nächste.
Gott: Du bist abgehakt. B. Strahl. Unzufrieden. Schriftsteller.
Bob: Unzufrieden?
Gott: Jeden Abend deine gestammelten Gebete: »Hilf mir, Gott!«
Bob: Kommt's dir auf die Form an?
Gott: Nein, auf den Glauben. In Verehrung und Demut.
Bob: Komisch, ein bißchen siehst du wie Phil Collins aus.
Gott: Kein Wunder. »In the air tonight« war meine Idee.
Bob: Deshalb!
Gott: Deshalb was?
Bob: Mein Traum. Er geht dem Ende entgegen. Wie mein Glaube. Auch der an dich.
Gott: Und wie wär's wirklich mit dem brasilianischen Ballett?
Bob: Nein.
Gott: Sie wären alle schwarz: die Frauen, ihre Schenkel ...
Bob: Pfui Teufel.
Gott: Rassist!
Bob: Allmächtiger! Wenn du nicht mal weißt, daß ich nie einer war – !

Gott: Willst du nun?
Bob: Lieber beichte ich in Zukunft!
Gott: Wer wem was? Nein, keine Widerrede! Der Nächste, verdammt nochmal!

Notabene

Ich möchte mal jemanden treffen, der mir fremd ist und mich versteht.

*

In guten Zeiten ist Phantasie ein Brunnen, aus dem man schöpft: sprudelfrei klare Gedanken wie sich spiegelnd da unten im Wasser. Trittst du in schlechten Zeiten zu nahe an den Schlund, bleibt Phantasie dunkel und abgrundtief. Bereit, jeden, der einen Blick hinunter wagt, herabzuziehen.

*

Manchmal bin ich so sanft, daß ich keinen Pflasterstein mit meinem Auftreten belästigen möchte. Kann sein, ich hörte Musik.

*

Tränen, die leicht fließen, sind salzlos und trocknen schnell.

*

Falls ich alt werde, werde ich keine Zeit verschwenden, auf mein Leben zurückzublicken. Lieber Gott: Laß mich ein Schwamm bleiben!

*

Neuerdings spreche ich gelegentlich mit mir selbst. Kann sein, mir fehlen Gesprächspartner, die mir nicht widersprechen.

*

We haven't lovely words,
verstehen nicht zu lieben,
streben immer einem Ende entgegen.
Macht's gut!

Trauerrede Simone von Zglinickis
am 2. Oktober 1997
auf dem Dorotheenstädtischen Friedhof Berlin

Hebbel läßt seine Judith sagen: »Wenn der Mensch im Schlaf liegt, aufgelöst, nicht mehr zusammengehalten durch das Bewußtsein seiner selbst, dann verdrängt ein Gefühl der Zukunft alle Gedanken und Bilder der Gegenwart, und die Dinge, die kommen sollen, gleiten als Schatten durch die Seele, vorbereitend, warnend, tröstend. Daher kommts, daß wir auf das Gute schon lange vorher so zuversichtlich hoffen und vor jedem Übel unwillkürlich zittern.«

Bob ist tot.
Es ist der Sohn tot, Janines Mann, der Freund, der Bruder.
Seine Redakteurin beim »Freitag« erzählte in der vergangenen Woche, daß er ganz, ganz alt werden wollte.
38 Jahre ist er geworden. Auch das ist ein Grund, weshalb man diesen Tod nicht annehmen kann.
Aber vor allem, weil Bob eben so wahr, wie er war – von einer großen Freundlichkeit, einer selbstverständlichen Hilfsbereitschaft.
Sein Vater sagt über ihn: »... trotz einer gewissen Laxheit in belanglosen Dingen war er im Prinzipiellen von großer Verläßlichkeit und baute darauf auch bei anderen. Leute, die ihn getäuscht oder enttäuscht hatten, verzeiht er nicht leicht – und gar nicht solchen, die ihn langweilten. Schwer bei ihm hatten es immer Leute, die er nicht mochte. Ihnen gegenüber war er nie imstande, Freundlichkeit oder auch nur Toleranz zu bezeigen. Eine Neigung zum Heucheln habe ich nie bei ihm entdeckt.«
Bob war für Frank und mich ein Freund, den man manchmal sogar erst nach Monaten wiedertraf und genau da anknüpfen konnte, wo man beim letzten Mal stehengeblieben war.
Kennengelernt haben wir uns im Theater. Bob war zehn Jahre Beleuchter am DT. Er würde vielleicht überrascht sein, zu hören, wie viele im Theater betroffen sind über seinen Tod. Wie viele ihn nicht vergessen haben in den letzten Jahren.

Jeder hat seine Erinnerungen an ihn.
Ich weiß, daß ich auch nur einen bestimmten Teil von Bobs Leben ein bißchen genauer kenne.
Unsere Begegnungen waren sehr intensiv – wir trafen uns, redeten stundenlang, und verließen uns dann manchmal für Monate.
Ich denke auch an die langen und feuchten Abende, an denen wir fürstlich gegessen haben, und dann meistens am Schluß im Metzer Eck landeten.
Daß wir in diesem Sommer, vor dem Dom in Florenz stehend, Bob und Janine unbedingt anrufen mußten: Wir waren Freunde, wir hatten Sehnsucht nach ihnen.
Seit unserer gemeinsamen Arbeit an einem Vor- oder Nachspiel für »Dinner for one« wußte ich, wie witzig und klug seine Ideen waren, seine Lust am skurrilen Denken, seine Vorliebe zu schwarzem Humor. Sein Vater sagt dazu: »Gegen die vermutlich zeitige Lust zu Schreiben hat er sich lange gewehrt, vielleicht zu lange, um damit ganz unbefangen zu beginnen. Das geschah erst, nachdem er Janine kennengelernt hatte, die mehr als alles Bisherige zu seinem Lebensinhalt wurde, Sie entriß ihn auch ein erhebliches Stück aus einer gewissen Verschlossenheit«.
Und mit dem Buch waren nun endlich seine Gedanken »richtig« gedruckt. Toll, wir haben es Felix gegeben, der selber ein bißchen schreibt, eine andere Generation ist. Er war begeistert.
Unsere letzte Begegnung war im Sommer. Wir saßen auf der Wiese vom Mittag bis in die Nacht. Bob sah gut aus. Ihre Abfahrt mit diesem »Test-LADA« werden wir wohl immer im Kopf haben.
Ich denke an »Ithaka«, das letzte Stück, das Bob in unserem Theater gesehen hat – das war im April.
Das Stück, nach dem wir uns auf dem Theatervorplatz in den Sommer verabschiedet haben – das war im Juli.
Das Stück, das wir spielten, während Bob starb. Das war am 19. September.
Es ist absurd.
Ich glaube nicht, daß das ein Kummer ist, der irgendwann überwunden sein wird. Dafür ist alles zu sehr wie gerade begonnen.
Und es fallen mir auch keine Abschiedsworte ein.
Ich umarme die Eltern und ich umarme Janine.

Bruder

Kannst du mich seh'n – bei dir?
Kannst du mich seh'n – bei dir?
Du wirst bei mir sein, bei mir sein, wenn ich liebe.

War dir die Zeit zu laut?

War ich dein Freund genug?
War ich dein Freund genug?
Du sollst glücklich sein, glücklich sein, weil ich liebe.

War dir die Welt zu klein?
War dir die Welt zu klein?

Kannst du mich seh'n?
Ich möchte Gott verstehn ...

Dirk Zöllner

Inhalt

Über »Eine unsterbliche Seele« *von Hermann Kant* 5
Früh, zu spät 10
Erkenntnis 11
Fünfunddreißig 12
Meine Freunde 14
Wie's geht 16
Kabunke 18
Auf Kreta 20
Ein Brief 22
Vorboten 24
Ehemänner I 25
Sehnsucht 27
Ach, Maria oder Ich bin entschlossen 29
Ehemänner II 30
Beinahe 31
Im Freien 33
Ehemänner III 35
KT 100 oder Vater und Sohn 37
Ich und andere 40
Montagmorgen 41
Schnee im Juli 88 43
Frage und Antwort 47
Abrakadabra 48
Lauf der Zeit 50
Ehe eben 51
Sowas gibt's 52
Einrichten 54
Fluch 56
Monolog 57
Trommelfell oder Neben dünner Haut 58
Darum 59
Nach- und Vorsicht 62
Gründungsfieber 64
So oder so 67
Oktoberfeststimmung 68
Sommerregen 70

Die Konsequenz des Nostalgikers 72
Bitte, schlaf jetzt 73
Wohl und Wehe 75
Anleitung 76
IN LETZTER MINUTE – kurz nach Tegel 77
Aller Fragen letzte Antwort 78
Aus Prinzip 80
Zum Goldenen Hahn 82
Nestbeschmutzung 85
Da wie dort 87
Monika 89
Alternative 90
Eine Warnung aus dem Jahr 2004 92
Zeitgerecht 94
Im Hallenbad 96
Sieh da 98
Eine Seite Einsamkeit 100
Gleichmut 103
Soviel steht fest 104
Verteilt 105
Eine Begegnung mit Prag (ostdeutscher Art) 106
Gedicht mit Anmerkung 107
U-Bahn 108
Nein! 111
Das Ende 112
Frühling 114
Notiz gegen Morgen 115
Unterm Strich 116
Wie immer 118
Haltestellengedanken 120
Vor Ort 121
Nachttischzettel 123
Rache 124
Ein Punk 126
Zu diesem Thema die x-te Variante 128
Im Moment 130
Totalausfall 132
Aphorismen 134

Atlantik	136
Geparkt	138
Der Mensch, der liegt	140
Himmlische Ruhe	141
... aber wahr	142
A kind of optimism	144
Liebesbeziehung	145
Die sanfte Glut der Abendsonne	146
Lächeln	148
Relation	150
Nachrichten 1997	152
Ember, ober, ember, ember	154
Als wär's normal	155
Identität, nagelneu	156
Tag X	158
Vocal, drum	160
Der Lehrer	161
Das Wunder	163
Vielfalt	165
Kaleidoskop	166
Nachbarn	168
Halbwegs	169
Auf einen Streich	171
Sechs Uhr früh	172
Mein Gegenüber	173
Exklusiv	175
Superlativ	177
Letzten Endes	178
Eine unsterbliche Seele	179
Notabene	182
Trauerrede Simone von Zglinickis am 2.Oktober 1997 auf dem Dorotheenstädtischen Friedhof Berlin	185
Bruder *von Dirk Zöllner*	187

ISBN 3-359-01498-7

1. Auflage dieser Ausgabe
© 2004 Eulenspiegel · Das Neue Berlin Verlags GmbH & Co. KG
Rosa-Luxemburg-Str. 39, 10178 Berlin
Umschlagentwurf: Peperoni Werbeagentur, Berlin
Druck und Bindung:
Salzland Druck Staßfurt

Die Bücher des Eulenspiegel Verlags
erscheinen in der Eulenspiegel Verlagsgruppe.

www.eulenspiegel-verlag.de